心闲天地宽

傔
————

著

江苏凤凰文艺出版社
JIANGSU PHOENIX LITERATURE AND
ART PUBLISHING

图书在版编目（CIP）数据

心闲天地宽 / 梁衡著. —— 南京：江苏凤凰文艺出版社, 2024.6
ISBN 978-7-5594-8110-8

Ⅰ.①心… Ⅱ.①梁… Ⅲ.①散文集 – 中国 – 当代 Ⅳ.①I267

中国国家版本馆CIP数据核字(2023)第230198号

心闲天地宽

梁衡 著

责任编辑　项雷达
图书监制　马利敏　孙文霞
策划编辑　李　辉
版式设计　介　末　姜　楠
封面设计　與書工作室
出版发行　江苏凤凰文艺出版社
　　　　　南京市中央路 165 号，邮编：210009
网　　址　http://www.jswenyi.com
印　　刷　三河市宏图印务有限公司
开　　本　880 毫米 × 1230 毫米　1/32
印　　张　7.75
字　　数　150 千字
版　　次　2024 年 6 月第 1 版
印　　次　2024 年 6 月第 1 次印刷
书　　号　ISBN 978-7-5594-8110-8
定　　价　59.80 元

江苏凤凰文艺版图书凡印刷、装订错误，可向出版社调换，联系电话025-83280257

目录
CONTENTS

第 一 章

把栏杆拍遍

第二章

不如静对一院秋

第三章

我们为什么要阅读

第四章

什么是美

第一章 把栏杆拍遍

武侯祠，一千七百年的沉思

中国历史上有无数个名人，但很少有人像诸葛亮这样引起人们长久不衰的怀念；中国大地上有无数座祠堂，但没有哪一座能像成都武侯祠这样，让人生出无限的崇敬、无尽的思考和深深的遗憾。这座带有传奇色彩的建筑，令海内外的崇拜者一提起它就产生一种神秘的向往。

武侯祠坐落在成都市区略偏南的闹市。两棵古榕为屏，一对古狮拱卫，当街一座朱红飞檐的庙门。你只要往门口一站，一种尘世暂离而圣地在即的庄严肃穆之感便油然而生。

进门是一庭院，满院绿树披道，杂花映目，一条五十米长的甬道直达二门，路两侧各有唐代、明代的古碑一座。这绿荫的清凉和古碑的幽远先教你有一种感情的准备，我们将去造访一位一千七百多年前的哲人。进二门又一座四合庭院，约五十米深，刘备殿飞檐翘角，雄踞正中，左右两廊分别供着二十八位文臣武将。

过刘备殿，下十一阶，穿过庭，又一四合院，东西南三面以回廊相通，正北是诸葛亮殿。由诸葛亮殿顺着一红墙翠竹夹道就到了祠的西部——惠陵，这是刘备的墓，夕阳抹过古冢老松，叫人想起遥远的汉魏。由诸葛亮殿向东有门通向一片偌大的园林。这些树、殿、陵都被一线红墙环绕，墙外车马喧，墙内柏森森。诸葛亮能在一千七百多年后享此祀地，并前配天子庙，右依先帝陵，千多年来香火不绝，这气象也真绝无仅有了。

公元二三四年，诸葛亮在进行他一生的最后一次对魏作战时病死军中。一时国倾梁柱，民失相父，举国上下莫不痛悲，百姓请建祠庙，但朝廷以礼不合，不许建祠。于是每年清明节，百姓就于野外对天设祭，举国痛呼魂兮归来。这样过了三十年，民心难违，朝廷才允许在诸葛亮殉职的定军山建第一座祠，不想此例一开，全国武侯祠林立。成都最早建祠是在西晋，以后多有变迁。先是武侯祠与刘备庙毗邻，武侯祠前香火旺，刘备庙前车马稀。

明朝初年，帝室之胄朱椿来拜，心中很不是滋味，下令废武侯祠，只在刘备殿旁附带供诸葛亮。不想事与愿违，百姓反把整座庙称武侯祠，香火更甚。到清康熙年间，为解决这个矛盾，干脆改建为君臣合庙，刘备在前，诸葛亮在后，以后朝廷又多次重申，这祠的正名为昭烈庙（刘备谥号昭烈帝），并在大门上悬以巨匾。但是朝朝代代，人们总是称它为武侯祠，直到今天。经历过动乱，武侯祠片瓦未损，至今每年还有两百万人来拜访。这是一处供人感怀、抒情的所在，一个借古鉴今的地方。

我穿过一座又一座的院落，悄悄地向诸葛亮殿走去。这殿不像一般佛殿那样深暗，它合为丞相治事之地，殿柱矗立，贯天地正气，殿门前敞，容万民之情。诸葛亮端坐在正中的龛台上，头戴纶巾，手持羽扇，正凝神沉思。往事越千年，历史的风尘不能掩遮他聪慧的目光，墙外车马的喧闹也不能把他从沉思中唤醒。他的左右是其子诸葛瞻、其孙诸葛尚，瞻与尚在诸葛亮死后都为蜀汉政权战死沙场。殿后有铜鼓三面，为丞相当初治军之用，已绿锈斑驳，却余威尚存。

我默对良久，隐隐如闻金戈铁马声。殿的左右两壁书着他的两篇名文，左为《隆中对》，条分缕析，预知数十年后天下事；右为《出师表》，慷慨陈词，痛表一颗忧国忧民心。我透过他深沉的目光，努力想从中发现这位东方"思想家"的过去。我看到他在国乱家丧之时，布衣粗茶，耕读山中；我看到他初出茅庐，羽扇轻轻一挥，八十万曹兵灰飞烟灭；我看到他在斩马谡时那一滴难言的浊泪；我看到他在向后主自报家产时那一颗坦然无私的心。记得小时候读《三国》，总希望蜀国能赢，那实在不是为了刘备，而是为了诸葛亮。这样一位才比天高、德昭宇宙的人不赢，真是天理不容。但他还是输了，上天为中国历史安排了一出最雄壮的悲剧。

假如他生在古周、盛唐，他会成为周公、魏徵；假如上天再给他十年时间（活到六十三岁不算老吧），他也许会再造一个盛汉；假如他少一点愚忠，真按刘备的遗言，将阿斗取而代之，也许会又建一个什么新朝。我胸中四海翻腾做着这许多的"假如"，抬头一看，诸葛亮还是那样安静地坐着，目光更加明净，手中的羽扇像刚刚挥过一下。我不禁笑自己的胡思乱想。我知道他已这样静坐默想了一千七百多年，他知道天命不可违，英雄无法再造一个时势。

一千七百多年前，诸葛亮输给了曹魏，却赢了从此以后所有人的心。我从大殿上走下，沿着回廊在院中漫步。这个天井式的院落像一个历史的隧道，我们随手可翻检到唐宋遗物，甚至还可驻足廊下与古人、故人聊上几句。杜甫是到这祠里做客次数最多的，他的名句"出师未捷身先死，长使英雄泪满襟"，唱出了这个悲剧的主调。

院东有一块唐碑，正面、背面、两侧或文或诗，密密麻麻，都与杜甫做着悲壮的唱酬。唐人的碑文说："若天假之年，则继大汉之祀，成先生之志，不难矣。"元人的一首诗叹道："正统不惭传千古，莫将成败论三分。"明人的一首诗简直恨历史不能重写了："托孤未付先君望，恨入岷江昼夜流。"南面东西两廊的墙上嵌着岳飞草书的前后《出师表》，笔走龙蛇，倒海翻江，黑底白字在幽暗的廊中如长夜闪电。我默读着"临表涕零，不知所言"，读着"汉贼不两立，王业不偏安"，看那墨痕如涕如泪，笔锋如枪如戟，我听到了这两位忠臣良将遥隔九百年的灵魂共鸣。

这座天井式的祠院一千七百多年来就这样始终为诸葛亮的英气所笼罩，并慢慢积聚而成为一种民族魂。我看到一个个的后来者，他们在这里扼腕叹息、仰天长呼或沉思默想。他们中有诗人，有将军，有朝廷的大臣，有封疆大吏，甚至还有割据巴蜀的草头王。但不管是什么人，不管什么出身，负有什么使命，只要在这个天井小院里一站，就会受到一种庄严的召唤。人人都为他的凛然正气所感召，都为他的忠义之举而激动，都为他的淡泊之志所净化，都为他的聪明才智所倾倒。人有才不难，历史上如秦桧那样的大奸也有歪才；有德也不难，天下与人为善者不乏其人。难的是德才兼备，有才又肯为天下人兴利，有功又不自傲。

历史早已过去，我们现在追溯旧事，也未必对"曹贼"那样仇恨，但对诸葛亮更觉亲切。这说明诸葛亮在那场历史斗争中并不是单纯地为了克曹灭魏，他不过是要实现自己的治国理想，是在实践自己的做人规范，他在试着把聪明才智发挥到极限，蜀、魏、吴之争不过是这三种实验的一个载体，他借此实现了作为一个人，一个历史伟人的价值。

史载公元三四七年，"桓温征蜀，犹见武侯时小吏，年百余岁。温问曰：'诸葛丞相今谁与比？'答曰：'诸葛在时，亦不觉异，自公没后，不见其比'"。此事未必可信，但诸葛亮确实实现了超时空的存在。古往今来有两种人，一种人为现在而活，拼命享受，死而后已；一种人为理想而生，鞠躬尽瘁，死而后已。一个人不管他的官位有多大，总要还原为人；不管他的寿命有多长，总有终了之时。而只有极少数人才有幸被百姓筛选，被历史擢拔为神，享四时之祀，得到永恒。

我在祠中盘桓半日，临别时又在武侯像前伫立了一会儿，他还是那样，目光如泉水般明净，手中的羽扇轻轻抬起，一动也不动。

读韩愈

　　韩愈为唐宋八大家之首，其文章写得好是真的。所以，我读韩愈其人是从读韩愈其文开始的，因为中学课本上就有他的《师说》《进学解》。课外阅读、各种选本上韩文也随处可见。他的许多警句，如"师者，所以传道、授业、解惑也""业精于勤荒于嬉，行成于思毁于随"等，跨越了一千多年，仍在指导我们的行为。

　　但由读其文而读其人，却是因一件事引起的。那年，到潮州出差，潮州有韩公祠，祠依山临水而建，气势雄伟。祠后有山曰韩山，祠前有水名韩江。当地人说此皆因韩愈而名。我大感不解，韩愈一介书生，怎么会在这天涯海角霸得一块山水，享千秋之祀呢？

　　原来有这样一段故事。唐代的宪宗皇帝十分迷信佛教，在他的倡导下国内佛事大盛，公元八一九年，又搞了一次大规模的迎佛骨活动，就是将据称是佛祖的一块朽骨迎到长安，修路盖庙，人山人海，官商民等舍物捐款，劳民伤财，一场闹剧。韩愈对这件事有看法，他当过监察御史，有随时向上面提出诚实意见的习惯。这种官职的第一素质就是不怕得罪人，因提意见获死罪都在所不辞。所谓"文死谏，武死战"。韩愈在上书前作了一番思想斗争，最后还是大义战胜了私心，终于实现了勇敢的"一递"，谁知奏疏一递，就惹来了大祸，而大祸又引来了一连串的故事，也成就了他的身后名。

　　韩愈是个文章家，写奏折自然比一般为官者也要讲究些，于理、于情都特别动人，文字铿锵有力。他说那所谓佛骨不过是一块脏兮兮的枯骨，皇帝您"今无故取朽秽之物，亲临观之"，"群臣不言其非，御史不举其失，臣实耻之。乞以此骨付之有司，投诸水火，永绝根本……岂不盛哉，岂不快哉"！这佛如果真的有灵，有什么祸殃，就让他来找我吧（"佛如有灵，能作祸祟，凡有殃咎，宜加臣身"）。这真有一股不怕鬼、不信邪的凛然大气和献身精神。但是，这正应了我们现时说的"立场不同，感情不同"这句话。韩愈越是肝脑涂地陈利害表忠心，宪宗越觉得他是在抗龙颜，揭龙鳞，大逆不道。于是，大喝一声把他赶出京城，贬到八千里外的海边潮州去当地方小官。

　　这一贬，是韩愈人生的一大挫折。因为这不同于一般的逆境、一般的不顺，比之李白的怀才不遇、柳永的屡试不第要严重得多。他们不过是登山无路，韩愈是已登山顶，又一下子被推到无底深渊，其心情之坏可想而知。他被押送出京不久，家眷也被赶出长安，年仅十二岁的小女儿也惨死在驿道旁。韩愈自己觉得实在活得没有什么意思了，他在过蓝关时写了那首著名的诗。我向来觉得韩愈文好，诗却一般，只有这首，胸中块垒，笔底波涛，确是不一样：

> 一封朝奏九重天，夕贬潮州路八千。
>
> 欲为圣明除弊事，肯将衰朽惜残年！
>
> 云横秦岭家何在？雪拥蓝关马不前。
>
> 知汝远来应有意，好收吾骨瘴江边。

这是给前来看他的侄孙写的，其心境之冷可见一斑。但是，当他到了潮州后，发现当地的情况比他的心境还要坏。就气候水土而言这里条件不坏，但由于地处偏僻，文化落后，弊政陋习极多极重。农耕方式原始，乡村学校不兴。当时北方早已告别了奴隶制，唐律明确规定了不准蓄奴，这里却还在买卖人口，有钱人养奴成风。"岭南以口为货，其荒阻处，父子相缚为奴。"其习俗又多崇鬼神，有病不求药，杀鸡杀狗，求神显灵，人们长年在浑浑噩噩中生活。

见此情景韩愈大吃一惊，比之于北方的先进文明，这里简直就是茹毛饮血，同为大唐圣土，同为大唐子民，何忍遗此一隅，视而不救呢？用我们现在的话说，就是同在一片蓝天下，人人都该享有爱。按照当时的规矩，贬臣如罪人服刑，老老实实磨时间，等机会便是，绝不会主动参政。但韩愈还是忍不住，他觉得自己的知识、能力还能为地方百姓做点事，觉得比之百姓之苦，自己的这点冤、这点苦反倒算不了什么。于是他到任之后，就如新官上任一般，连续干了四件事。

一是驱除鳄鱼。当时鳄鱼为害甚烈，当地人又迷信，只知投牲畜以祭，韩愈"选材技吏民，操强弓毒矢"，大除其害。二是兴修水利，推广北方先进耕作技术。三是赎放奴婢。他下令奴婢可以工钱抵债，钱债相抵就给人自由，不抵者可用钱赎，以后不得蓄奴。四是兴办教育，请先生，建学校，甚至还"以正音为郡人诲"，用今天的话说就是推广普通话。不可想象，从他贬潮州到再离潮州而调袁州，八个月就干了这四件事。我们且不说这事的大小，只说他那片诚心。

我在祠内仔细看了题刻碑文和有关资料。韩愈的确是个文人，干什么都要用文章来表现，也正是这一点为我们留下了如日记一样珍贵的史料。比如，除鳄之前，他先写了一篇《祭鳄鱼文》，这简直就是一篇讨鳄檄文。他说他受天子之命来守此土，而鳄鱼悍然在这里争食民畜，"与刺史亢拒，争为长雄。刺史虽驽弱，亦安肯为鳄鱼低首下心"。他限鳄鱼三日内远徙于海，三日不行五日，五日不行七日，再不行就是傲天子之命吏，"必尽杀乃止"！

阴雨连绵不断，他连写祭文，祭于湖，祭于城隍，祭于石，请求天晴。他说：天啊，老这么下雨，稻不得熟，蚕不得成，百姓吃什么，穿什么呢？要是我为官的不好，就降我以罪吧，百姓是无辜的，请降福给他们（"刺史不仁，可坐以罪；惟彼无辜，惠以福也"）。一片拳拳之心。韩愈在潮州任上共有十三篇文章，除三篇短信、两篇上表，余皆是驱鳄祭天、请设乡校、为民请命祈福之作。文如其人，文如其心。当其获罪海隅、家破人亡之时，尚能心系百姓，真是难能可贵了。

一个人为文不说空话，为官不说假话，为政务求实绩，这在封建时代难能可贵。应该说韩愈是言行一致的。他在政治上高举儒家旗帜，是个封建传统思想道德的维护者。传统这个东西有两面性，当它面对革命新潮时，表现出一副可憎的顽固面孔；而当它面对逆流邪说时，又表现出撼山易撼传统难的威严。韩愈也是这样。他一方面反对宰相王叔文的改革，一方面又对当时最尖锐的两个社会问题，即藩镇割据和佛道泛滥，深恶痛绝，坚决抨击。他亲自参加平定叛乱，到晚年时还以衰朽之身一人一马到叛军营中去劝敌投诚，其英雄气概不亚于关云长单刀赴会。

他出身小户，考进士三次落第，第四次才中进士，在考官时又三次碰壁，乌纱帽得来不易，按说他该惜官如命，但是他两次犯上直言，被贬后又继续尽其所能为民办事。这是中国知识分子的传统，以国为任、以民为本，不违心，不费时，不浪费生命。他又倡导古文运动，领导了一场文章革命，他要求"文以载道""陈言务去"，开一代文章先河，砍掉了骈文这个重形式求华丽的节外之枝，而直承秦汉。所以苏东坡说他："文起八代之衰，道济天下之溺。"他既立业又立言，全面实践了儒家道德。

当我手抚韩祠石栏，远眺滚滚韩江时，我就想，宪宗佞佛，满朝文武，就是韩愈敢出来说话，如果有人在韩愈之前上书直谏呢？如果在韩愈被贬时又有人出来为之抗争呢？历史会怎样改写？还有在韩愈到来之前潮州买卖人口、教育荒废等四个问题早已存在，地方官吏走马灯似的换了一任又一任，其任职超过八个月的也大有人在，为什么没有谁去解决呢？如果有人在韩愈之前解决了这些问题，历史又将怎样写？但是没有，什么都没有。长安大殿上的雕梁玉砌在如钩晓月下静静地等待，秦岭驿道上的风雪、南海丛林中的雾瘴在悄悄地徘徊。历史终于等来了一个衰朽的书生，他长须弓背，双手托着一封奏疏，一步一颤地走上大殿，然后又单人瘦马，形影相吊地走向海角天涯。

人生的逆境大约可分四种：一曰生活之苦，饥寒交迫；二曰心境之苦，怀才不遇；三曰事业受阻，功败垂成；四曰性命之危，身处绝境。处逆境之心也分四种：一是心灰意冷，逆来顺受；二是怨天尤人，牢骚满腹；三是见心明志，直言疾呼；四是泰然处之，尽力有为。

韩愈是处在第二、第三种逆境，而选择了第三、第四种心态，既见心明志，著文倡道，又脚踏实地，尽力去为。只这一点他比屈原、李白就要多一层高明，没有只停留在蜀道叹难、江畔沉吟上。他不辞海隅之小，不求其功之显，只是奉献于民，求成于心。有人研究，韩愈之前，潮州只有进士三名；韩愈之后，到南宋时，登第进士就达一百七十二名。是他大开教育之功，所以韩祠中有诗曰："文章随代起，烟瘴几时开。不有韩夫子，人心尚草莱。"

那年我在石河子采访，亲身感受到充边文人的功劳。一个人不管你有多大的委屈，历史绝不会陪你哭泣，它只认你的贡献。"悲壮"二字，无"壮"便无以言"悲"。这宏伟的韩公祠，还有这韩山韩水，不是纪念韩愈的冤屈，而是纪念他的功绩。

李渊父子虽然得了天下，大唐河山也没有听说哪山哪河易姓为李，倒是韩愈一个罪臣，在海边一块蛮夷之地施政八月，这里就忽然山河易姓了。历朝历代有多少人希望不朽，或刻碑勒石，或建庙建祠，但哪一块碑哪一座庙能大过高山，永如江河呢？这是人民对办了好事的人永久的纪念。一个人是微不足道的，但是当他与百姓利益、与社会进步连在一起时就价值无穷，就被社会所承认。我遍读祠内凭吊之作，诗、词、文、联，上起唐宋下迄当今，刻于匾，勒于石，不下百十来件。一千三百年来，各种人物在这里将韩公不知读了多少遍。我心中也渐渐泛起这样的四句诗：

　　一封朝奏九重天，夕贬潮州路八千。
　　八月为民兴四利，一片江山尽姓韩。

读柳永

柳永是中国历史上一个并不大的人物。很多人不知道他，或者碰到过又很快忘了他。但是近年来这根柳丝紧紧地系着我，倒不是为了他的名句"杨柳岸晓风残月"，也不为那句"衣带渐宽终不悔，为伊消得人憔悴"，只为他那人，他那身不由己的经历和那歪打正着的成就，以及由此揭示的做人成事的道理。

柳永是福建北部崇安人，他没有为我们留下太多的生平记载。那年到闽北去，我曾想打听一下他的家世，找一点可凭吊的实物，但一川绿风，山水寂寂，没有一点的音息。我们现在只知道他大约在三十岁时便告别家乡，到京城求功名去了。

柳永像封建时代的大多数知识分子一样，总是把从政作为人生的第一目标。其实这也有一定的道理，人生一世谁不想让有限的生命发挥最大的光热？有职才能有权，才能施展抱负，改造世界，名垂后世。那时不像现在这样成就多元化，可以当企业家，当作家，当歌星、球星，当富翁，要成名只有一条路，去当官。所以就出现了各种各样在从政大路上跋涉着却被扭曲了的人。像李白、陶渊明那样求政不得而求山水；像苏轼、白居易那样政心不顺而求文心；像孟浩然那样躲在终南山里而窥京城；像诸葛亮那样虽说不求闻达，布衣躬耕，却又暗暗积聚内力，一遇明主就出来建功立业。

柳永是另一类人物，他先以极大的热情投身政治，碰了钉子后没有像大多数文人那样转向山水，而是转向市井深处，扎到市民堆里，在这里成就了他的文名，成就了他在中国文学史上的地位。他是中国封建知识分子中一个仅有的类型，一个特殊的代表。

柳永大约在公元一〇一七年，即宋真宗天禧元年时到京城赶考。以自己的才华他有充分的信心金榜题名，而且幻想着有一番大作为。谁知第一次考试就没有考上，他不在乎，轻轻一笑，填词道："富贵岂由人，时会高志须酬。"等了三年，第二次开科又没有考上，这回他忍不住要发牢骚了，便写了那首著名的《鹤冲天》：

黄金榜上，偶失龙头望。明代暂遗贤，如何向。未遂风云便，争不恣狂荡。何须论得丧。才子词人，自是白衣卿相。

烟花巷陌，依约丹青屏障。幸有意中人，堪寻访。且恁偎红翠，风流事，平生畅。青春都一饷。忍把浮名，换了浅斟低唱。

他说，我考不上官有什么关系呢？只要我有才，也一样被社会承认，我就是一个没有穿官服的官。要那些虚名有什么用，还不如把它换来吃酒唱歌。这本是在背地发的一个小牢骚，但是他也没有想一想，你怎么敢用你最拿手的歌词来发牢骚呢，他这时或许还不知道自己歌词的分量。它那美丽的语句和优美的音律已经征服了所有的歌迷，覆盖了所有官家和民间的歌舞晚会，"凡有井水处，皆能歌柳词"。

柳永这首牢骚歌不胫而走传到了宫里，宋仁宗一听大为恼火，并记在心里。柳永在京城又挨了三年，参加了下一次考试，这次好不容易通过了，但临到皇帝亲自圈点放榜时，仁宗说："且去浅斟低唱，何要浮名。"又把他给勾掉了。这次打击实在太大，柳永就更深地扎到市民堆里去写他的歌词，并且不无解嘲地说："我是奉旨填词。"他终日出入歌馆妓楼，交了许多歌伎朋友，许多歌伎也因他的词而走红，她们真诚地爱护他，给他吃，给他住，还给他发稿费。你想他一介穷书生流落京城有什么生活来源，只有卖词为生。这种生活的压力，生活的体味，还有皇家的冷淡，倒使他一心去从事民间创作。他是第一个去到民间的词作家，这种扎根坊间的创作生活持续了十七年，直到在四十七岁那年他才终于通过考试，得了一个小官。

歌馆妓楼是什么地方啊，是提供享乐、制造消沉、拉你堕落、教你挥霍、引人轻浮、教人浪荡的地方。任你有四海之心、摩天之志，在这里也要魂销骨铄，化作一团烂泥。但是柳永没有被化掉，他的才华在这里派上了用场。成语言：脱颖而出。锥子装在衣袋里总要露出尖来，宋仁宗嫌柳永这把锥子不好，啪的一声从皇宫大殿上扔到了市井底层，不想俗衣破袍仍然裹不住他闪亮的锥尖。这真应了柳永自己的那句话："才子词人，自是白衣卿相。"寒酸的衣服裹着闪光的才华。有才还得有志，多少人进了红粉堆里也就把才沤了粪。

也许我们可以评论柳永没有大志，同为词人不像辛弃疾那样"男儿到死心如铁，看试手，补天裂"，不像陆游那样"自许封侯在万里。有谁知，鬓虽残，心未死"。时势不同，柳永所处的时代当北宋开国不久，国家统一，天下太平，经济文化正复苏繁荣。京城汴梁是当时世界上最大的都市，新兴市民阶层迅速形成，都市通俗文艺相应发展。恩格斯论欧洲文艺复兴时说，这是需要巨人而且产生了巨人的时代，市民文化呼唤着自己的文化巨人。这时柳永出现了，他是中国历史上第一个专业的市民文学作家。市井这块沃土堆拥着他，托举着他，他像田禾见了水肥一样拼命地疯长，淋漓酣畅地发挥着自己的才华。

柳永于词的贡献，可以说如牛顿、爱因斯坦于物理学的贡献一样，是里程碑式的。他在形式上把过去只有几十字的短令发展到百多字的长调。在内容上把词从官词中解放出来，大胆引进了市民生活、市民情感、市民语言，从而开创了市民所歌唱着的是自己的词的局面。在艺术上他发展了铺叙手法，基本上不用比兴，硬是靠叙述的白描的功夫创造出前所未有的意境。就像超声波探测，就像电子显微镜扫描，你得佩服他的笔怎么能伸到这么细微绝妙的层次。他常常只用几个字，就是我们调动全套摄影器材也很难见到这个情景。比如这首已传唱九百年不衰的名作《八声甘州》：

对潇潇暮雨洒江天，一番洗清秋。渐霜风凄紧，关河冷落，残照当楼。是处红衰翠减，苒苒物华休。惟有长江水，无语东流。

不忍登高临远，望故乡渺邈，归思难收。叹年来踪迹，何事苦淹留？想佳人、妆楼颙望，误几回、天际识归舟。争知我，倚阑干处，正恁凝愁。

一读到这些句子我就联想到第一次置身于九寨沟山水中的感觉，那时照相根本不用选景，随便一抬手就是一幅绝妙的山水图。现在你对着这词，任裁其中一句都情意无尽，美不胜收。这种功夫，古今词坛能有几人？

艺术高峰的产生和自然界的名山秀峰一样，是不以人的意志为转移的，柳永自己也没有想到他身后在中国文学史上会占有这样一个重要位置。就像我们现在作为典范而临摹的碑帖，有一部分就是死人墓里一块普通的刻了主人生平的石头，大部分连作者姓名也没有。艺术成就大都是阴差阳错，各种条件交织而成一个特殊气候，一粒艺术的种子就在这种气候下自然地生根发芽了。

柳永不是想当名作家而到市井中去的，他怀着极不情愿的心情从考场落第后走向瓦肆勾栏，但是他身上的文学才华与艺术天赋立即与这里喧闹的生活气息、优美的丝竹管弦和多情婀娜的女子发生共鸣。他在这里没有堕落，他跳进了一个消费的陷阱，却成了一个创造的巨人。这再次证明成事成才的辩证道理。一个人在社会这架大算盘上只是一颗珠子，难免会受命运的摆弄；但是在自身这架小算盘上他却是一只拨着算珠的手，才华、时间、精力、意志、学识、环境统统变成了由你支配的珠子。

一个人很难选择环境，却可以利用环境，大约每个人都有他基本的条件，也有基本的才学，他能不能成才成事，原来全在他与外部世界的关系怎么处理。就像黄山上的迎客松，立于悬崖绝壁，沐着霜风雪雨，就渐渐干挺如铁，叶茂如云，游人见了都要敬之仰之了。但是如果当初这一粒松子有灵，让它自选生命的落脚地，它肯定选择山下风和日丽的平原，只是一阵无奈的山风将它带到这里，或者飞鸟将它衔到这里，托于高山之上寄于绝壁之缝。它哭天天不应，喊地地不灵，一阵悲泣（也许还有如柳永那样的牢骚）之后也就把那岩石拍遍，痛下决心，既活就要活出个样子。它拼命地吸天地之精华，探出枝叶追日，伸着根须找水，与风斗与雪斗，终于成就了自己。这时它想到多亏自己留在了这里，要是生在山下将平庸一世。

生命是什么？生命就是创造，是携带着母体留下的那一点信息去与外部世界做着最大限度的重新组合，创造一个新的生命。为什么逆境能成大才？就是因为在逆境下你心里想着一个世界，上天却偏要给你另外一个世界。两个世界矛盾斗争的结果便是你得到了一个超乎这两个之上的更新的更完美的世界。而顺境下，时时天遂人愿，你心里没有矛盾，没有企盼，没有一个理想中的新世界，当然也不会去为之斗争，为之创造，那就只有徒增马齿，虚掷一生了。柳永是经历了宋真宗、宋仁宗两朝四次大考才中了进士的，这四次共取士九百一十六人，其他九百一十五人都顺顺利利地当了官，有的或许还很显赫，但他们大都被历史忘得干干净净，而柳永至今还被世人记得。

　　呜呼，人生在世，天地公心。人各其志，人各其才，无大无小，贵贱不分。只要其心不死，才得其用，就能名垂后世，就不算虚度生命。这就是为什么历史记住了秦皇汉武，也同样记住了柳永。

一个永恒的范仲淹

　　山东青州为中国最古老的行政区之一。当年大禹治水后将中国分为九州，即有青州，禹贡图上有记。现在人们到青州来，主要是两件事，一是上山"拜寿"，二是到城里凭吊范仲淹。

　　出青州城南五里，有一山名云门。自山脚下遥望山顶，崖上隐隐有一寿字，这就是人们要来看的奇迹。一条石阶小路折转而上，两边一色翠柏，枝枝蔓蔓，撒满沟沟壑壑。树并不很粗，却坚劲挺拔，都生在石上。树根缘石壁而行，如闪电裂空；树干破石而出，如大纛迎风。偶有一两株树直挡路中，那是修路时不忍斫损，特意留下的，树皮已被游人摸得油光。环视四周，让人感到往日岁月的细密。

　　片刻我们爬到半山望寿阁，在这里小憩，山顶石壁上的大红寿字已历历在目。回望山下，街市远退，田园如织。再鼓余勇，直迫山顶，这时再仰观那寿字犹如一艘多桅巨船，挟云裹雾，好像就要压到头上。同行的一个小伙子贴身字上，还没有寿下"寸"字的一竖高。这是世界上最大的寿字，是书法的精品、极品，日本的书道专家还常渡海西来顶礼膜拜呢。这是明代嘉靖三十九年（1560 年），青州衡王为自己祝寿时所刻，距今已四百多年。

山上残雪未消，我在料峭春风中，细细端详这个奇字。这字高 7.5 米，宽 3.7 米，也不知当初怎样写上去、刻出来，却又这样不失间架结构，点画笔意。这衡王创造了奇迹，但他当时的目的并不为艺术，正如古墓中出土的魏碑，今天我们看作书法精品，当年不过是死者身边一块普通的石头。衡王刻字希冀自己长寿百岁，同时也向老百姓摆摆皇族的威风。但是数代之后衡王府就被抄家，命不能存，威风也早风吹雨打去。倒是这个有艺术价值的寿字，寿到如今。

从寿字前左行，进一洞，洞如城门。回望门外云气蒸腾，这是云门山的由来。由门折上山巅，如鲤鱼之背，稍平，上有石阶、有亭、有庙、有佛窟。扶栏远眺，海风东来，云霭茫茫，山川河流，远城近乡，都渺渺如画。遥想当年大禹治水，从这里东去导流入海，天下才得从漫漫洪水中解救出来，有此青州。从此，人们在这里男耕女织，一代一代地繁衍作息。

范仲淹曾来这里为官，李清照曾在这里隐居，衡王在这里治自己的小天地。人们在这石山上摩崖刻字，凿窟造像，叽叽喳喳，忙忙碌碌。唯有这山默默无言。我想当年云门山神看着那个花钱刻字、顶礼求寿的衡王，肯定轻蔑地哼了一声便继续打坐入定了。我环山走着，看着这些从唐至明的遗迹，看着山下缭绕的云雾，真为云门山而骄傲，它蔑风雨而抗雷电，渺四野而越千年。林则徐说山："壁立千仞，无欲则刚。"它无求无欲，永存于世。

　　从山上下来，到青州城西去谒范公祠。这是人们为纪念北宋名臣范仲淹所修，千年来香火不绝。这祠并不大，大约就是两个篮球场大的院子。院心有一井，名范公井，传为范公所修。这井水也不一般，清冽有加，传范仲淹公曾用此水调成一种"青州白丸药"，治民痼疾，颇有奇效。如同情人的信物，这井成了后人怀念范公的依托。宋人有诗云："甘清汲取无穷已，好似希文昔日心。"（范仲淹字希文）现在这井还水清如镜。

　　正东有祠堂，有范公像及其生平壁画。祠堂左右供欧阳修和富弼，他们都是当年推行庆历新政时的主要人物。院南有竹林一片，翠竹千竿，蔚然秀地灵之气。竹后有碑廊，廊中刻有范公的名文《岳阳楼记》。院心有古木三株，为唐楸宋槐，可知这祠的久远。树之北有冯玉祥将军的隶书碑联："兵甲富胸中，纵教他虏骑横飞，也怕那范小老子；忧乐观天下，愿今人砥砺振奋，都学这秀才先生。"这两句话准确地概括了范公的一生。

　　范仲淹从小丧父，家境贫寒。他发愤读书，早起煮一小盆粥，粥凉后划为四块，这就是他一天的饭食。以后他科举得官，授龙图阁大学士，为政清廉，且力图革新。后来，西夏频频入侵，朝中无军事人才，他以文官身份统兵戍边，大败敌寇。西夏人惊呼"他胸中自有雄兵百万"，边民尊称其为"龙图老子"。连皇帝都按着地图说，有仲淹在，朕就不愁了。后又被调回朝中主持庆历新政的改革，他大刀阔斧地除旧图新，又频繁调各地任职，亲自推行地方政治的革新。无论在边防、在朝中、在地方，他总是"进亦忧，退亦忧"，其忧国忧民之心如炽如焰。范仲淹是一个诸葛亮、周恩来式的政治家，一生主要是实践。他按自己认定的处世治国之道，鞠躬尽瘁地去做，将全部才华都投身处理具体政务、军务中去，并不着意为文。不是没有文才，是没有时间。

宋仁宗皇祐三年（1051 年）范仲淹到青州任知府，这是他的官宦生涯，也是人生旅途的最后一站。第二年即病逝了。《岳阳楼记》是他去世前七年，因病从前线调内地任职时所作。正如《出师表》一样，这是一个伟人后期的作品，也是他一生思想的结晶。我能想见，一个老人在这小院中，在井亭下、竹林中是怎样地焦虑徘徊，自责自求，忧国忧民。他回忆着"人不寐，将军白发征夫泪"的戍边生活；回忆着"居庙堂之上"，伴君勤政的艰辛；回忆赈灾放粮，所见到的平民水火之苦。他总历代先贤和自己一生的政治阅历，终于长叹一声："先天下之忧而忧，后天下之乐而乐。"这声大彻大悟的慨叹如名刹大庙里的钟声，浑厚沉远，震悟大千。

这一声长叹悠悠千年，激励着多少志士仁人，匡正了多少仕人官宦。《岳阳楼记》并不是在岳阳楼上所作，洞庭湖之大观当时也不在先生眼前。可以说这是一篇借题发挥之作。范公将他对人生、对社会的理解，将他一生经历的政治波涛，将他胸中起伏的思潮，一起借洞庭湖的万千气象倾泻而出，然后又顿然一收，总成这句名言，化为彩虹，横跨天际，光照千秋。

春风拂动唐楸宋槐的新枝，翠竹摆动着嫩绿的叶片，这古祠在岁月长河中又迈入新的一年。范公端坐祠内，默默享受这满院春光。我院中徘徊，面对范公、欧阳公和富公的神位，默想千年古史中，如他们这样职位的官员有多少，如他们这样勤勉治事的人又有多少，但为什么只有范仲淹才教人千年永记，时时不忘呢？他能创造一种精神，能提炼出一种符合民心、符合历史规律的思想，是那句"先天下之忧而忧，后天下之乐而乐"的名言，是这种进步的忧乐观使范仲淹得到了永恒。

走出范公祠，上车出城。路边闪过两个高大的石牌楼，突兀兀地在寒风中寂寞。人说这是当年衡王府的旧址，多么威风的皇族，现在只剩下这路边的牌楼和山上的寿字。遥望云门，雾霭中翠柏披拂，奇峰傲立。在山上刻字的人终究留不住，留下的是这默默无言的山；把门楼修得很高的人还是存不住，长存的是那些曾用生命去捅动历史车轮的人。

乱世中的美神

李清照是因为那首著名的《声声慢》被人们所记住的。那是一种凄冷的美，特别是那句"寻寻觅觅，冷冷清清，凄凄惨惨戚戚"，简直成了她个人的专有品牌，彪炳于文学史，空前绝后，没有任何人敢于企及。于是，她便被当作了愁的化身。当我们穿过历史的尘烟咀嚼她的愁情时，才发现在中国三千年的古代文学史中，特立独行、登峰造极的女性也就只有她一人。而对她的解读又"怎一个愁字了得"。

其实李清照在写这首词前，曾经有过太多太多的欢乐。

李清照于宋神宗元丰七年（1084 年）出生于一个官宦人家。父亲李格非进士出身，在朝为官，地位并不算低，是学者兼文学家，又是苏东坡的学生。母亲也是名门闺秀，善文学。这样的出身，在当时对一个女子来说是很可贵的。官宦门第及政治活动的濡染，使她视界开阔，气质高贵。而文学艺术的熏陶，又让她能更深切细微地感知生活，体验美感。因为没有当时的照片传世，我们现在无从知道她的相貌。但据这出身的推测，再参考她所写诗词中流露的神韵，她该天生就是一个美人坯子。李清照几乎一懂事，就开始接受中国传统文化的审美训练。又几乎是同时，她一边创作，一边评判他人，研究文艺理论。她不但会享受美，还能驾驭美，一下就跃上一个很高的起点，而这时她还是一个待字闺中的少女。

请看下面这三首词：

绣面芙蓉一笑开，斜飞宝鸭衬香腮。眼波才动被人猜。一面风情深有韵，半笺娇恨寄幽怀。月移花影约重来。

——《浣溪沙》

淡荡春光寒食天，玉炉沉水袅残烟，梦回山枕隐花钿。海燕未来人斗草，江梅已过柳生绵，黄昏疏雨湿秋千。

——《浣溪沙》

蹴罢秋千，起来慵整纤纤手。露浓花瘦，薄汗轻衣透。见客入来，袜刬金钗溜。和羞走，倚门回首，却把青梅嗅。

——《点绛唇》

一个天真无邪的少女，秀发香腮，面如花玉，情窦初开，春心萌动，难以按捺。她躺在闺房中，或者傻傻地看着沉香袅袅，或者起身写一封情书，然后又到后园里去与女伴斗一会儿草。

官宦人家的千金小姐，享受着舒适的生活，并能得到一定的文化教育，这在数千年封建社会中并不奇怪。令人惊奇的是，李清照并没有按常规初识文字，娴熟针绣，然后就等待出嫁。她饱览了父亲的所有藏书，文化的汁液将她浇灌得不但外美如花，而且内秀如竹。她在驾驭诗词格律方面已经如斗草、荡秋千般随意自如，而品评史实人物，更是胸有块垒，大气如虹。

　　唐开元、天宝间的"安史之乱"及其被平定是中国历史上的一个大事件，后人多有评论。唐代诗人元结作有著名的《大唐中兴颂》，并请大书法家颜真卿书刻于壁，被称为"双绝"。与李清照同时的张文潜，是"苏门四学士"之一，诗名已盛，也算个大人物，曾就这道碑写了一首诗，感叹：

　　天遣二子传将来，高山十丈摩苍崖。

　　谁持此碑入我室，使我一见昏眸开。

这诗转闺阁，入绣户，传到李清照的耳朵里，她随即和一首：

　　五十年功如电扫，华清花柳咸阳草。

　　五坊供奉斗鸡儿，酒肉堆中不知老。

　　胡兵忽自天上来，逆胡亦是奸雄才。

　　勤政楼前走胡马，珠翠踏尽香尘埃。

　　何为出战辄披靡，传置荔枝多马死。

　　尧功舜德本如天，安用区区纪文字。

　　著碑铭德真陋哉，乃令神鬼磨山崖。

　　你看这诗的气势哪像是出自一个闺中女子之手。铺叙场面，品评功过，慨叹世事，不让浪漫豪放派的李白、辛弃疾。李父格非初见此诗不觉一惊，这诗传到外面更是引起文人堆里好一阵躁动。李家有女初长成，笔走龙蛇起雷声。少女李清照静静地享受着娇宠和才气编织的美丽光环。

　　爱情是人生最美好的一章。它是一个渡口，一个人将从这里出发，从少年走向青年，从父母温暖的翅膀下走向独立的人生，包括再延续新的生命。因此，它充满着期待的焦虑、碰撞的火花、沁人的温馨，也有失败的悲凉。它能奏出最复杂、最震撼人心的交响，许多伟人的生命都是在这一刻放出奇光异彩的。

　　当李清照满载着闺中少女所能得到的一切幸福步入爱河时，她的美好人生更上一层楼，为我们留下了一部爱情经典。她的爱情不像西方的罗密欧与朱丽叶，也不像东方的梁山伯与祝英台，不是那种经历千难万阻之后才享受到的甜蜜，而是起步甚高，一开始就跌在蜜罐里，就站在山顶上，就住进了水晶宫里。夫婿赵明诚是一位翩翩少年，两人又是文学知己，情投意合。赵明诚的父亲也在朝为官，两家门当户对。更难得的是他们二人除一般文人诗词琴棋的雅兴，还有更相投的事业契合点：金石研究。在不准自由恋爱，要靠媒妁之言、父母之意的封建时代，他俩能有这样的爱情结局，真是天赐良缘，百里挑一了。就像陆游的《钗头凤》为我们留下爱的悲伤一样，李清照为我们留下了爱情的另一端，爱的甜美。这个爱情故事，经李清照妙笔的深情润色，成了中国人千余年来的精神享受。

请看这首《减字木兰花》：

卖花担上，买得一枝春欲放。泪染轻匀，犹带彤霞晓露痕。怕郎猜道，奴面不如花面好。云鬓斜簪，徒要教郎比并看。

这是婚后的甜蜜，是对丈夫的撒娇。从中也透出她对自己美丽的自信。

再看这首送别之作《一剪梅》：

红藕香残玉簟秋，轻解罗裳，独上兰舟。云中谁寄锦书来，雁字回时，月满西楼。

花自飘零水自流，一种相思，两处闲愁。此情无计可消除，才下眉头，却上心头。

离愁别绪，难舍难分，爱之愈深，思之愈切。另是一种对甜蜜的偷偷咀嚼。

更重要的是，李清照绝不是一般的只会叹息几句"贱妾守空房"的小妇人，她在空房里修炼着文学，直将这门艺术炼得炉火纯青，于是这种最普通的爱情表达竟变成了夫妻间的命题创作比赛，成了他们向艺术高峰攀登的记录。

请看这首《醉花阴·重阳》：

薄雾浓云愁永昼，瑞脑销金兽。佳节又重阳，玉枕纱橱，半

夜凉初透。东篱把酒黄昏后，有暗香盈袖。莫道不消魂，帘卷西
风，人比黄花瘦。

　　这是赵明诚在外地时，李清照寄给他的一首相思词。彻骨的
爱恋，痴痴的思念，借秋风、黄花表现得淋漓尽致。史载赵明诚
收到这首词后，先为情所感，后更为词的艺术力所激，发誓要写
一首超过妻子的词。他闭门谢客，三日得词五十首，将李词杂于
其间，请友人评点，不料友人说只有三句最好："莫道不消魂，
帘卷西风，人比黄花瘦。"赵自叹不如。这个故事流传极广，可
想他们夫妻二人是怎样在相互爱慕中享受着琴瑟相和的甜蜜，这
也令后世一切有才有貌却得不到相应爱情质量的男女感到一丝的
悲凉。李清照自己在《金石录后序》里追忆那段生活时说："余
性偶强记，每饭罢，坐归来堂烹茶，指堆积书史，言某事在某书
某卷第几页第几行，以中否角胜负，为饮茶先后。中即举杯大笑，
至茶倾覆怀中，反不得饮而起。"这是何等的幸福，何等的欢乐，
怎一个"甜"字了得。这蜜一样的生活，滋养着她绰约的风姿和
旺盛的艺术创造。

　　但上天早就发现了李清照更博大的艺术才华，如果只让她这
样轻松地写一点闺怨闲愁，中国历史、文学史将会从她的身边悄
然走过。于是宇宙爆炸，时空激荡，新的人格考验，新的命题创
作一起推到了李清照的面前。

　　宋王朝经过一百六十七年"清明上河图"式的和平繁荣之
后，天降煞星，北方崛起了一个游牧民族。金人一锤砸烂了都城

汴京（开封）的琼楼玉苑，还掠走了徽、钦二帝，赵宋王朝于公元一一二七年匆匆南逃，开始了中国历史上国家民族极屈辱的一页。李清照在山东青州的爱巢也树倒窝散，一家人开始过漂泊无定的生活。

南渡第二年，赵明诚被任为京城建康的知府，不想就在这时发生了一件国耻又蒙家羞的事。一天深夜，城里发生叛乱，身为地方长官的赵明诚不是身先士卒指挥戡乱，而是偷偷用绳子缒城逃走。事定之后，他被朝廷撤职。李清照这个柔弱女子，在这件事上却表现出大节大义，很为丈夫临阵脱逃而羞愧。赵被撤职后，夫妇二人继续沿长江而上向江西方向流亡，一路难免有点别扭，略失往昔的鱼水之和。当行至乌江镇时，李清照得知这就是当年项羽兵败自刎之处，不觉心潮起伏，面对浩浩江面，吟下了这首千古绝唱《夏日绝句》：

生当作人杰，死亦为鬼雄。

至今思项羽，不肯过江东。

丈夫在其身后听着这一字一句的金石之声，面有愧色，心中泛起深深的自责。第二年（1129 年）赵明诚被召回京复职，但不久后就患急病而亡。

人不能没有爱，感情丰富的女诗人更不能没有爱。正当她的艺术之树在爱的汁液浇灌下茁壮成长时，上天无情地斩断了她的爱河。李清照是一懂得爱就被爱所宠、被家所捧的人，现在一下被困在了干涸的河床上，她怎么能不犯愁呢？

失家之后的李清照开始了她后半生的三大磨难。

第一大磨难是：再婚又离婚，遭遇感情生活的痛苦。

赵明诚死后，李清照行无定所，身心憔悴，不久嫁给了一个叫张汝舟的人。对于李清照为什么改嫁，史说不一，但一个人生活的艰辛恐怕是主要原因。这个张汝舟，初一接触也是个彬彬有礼的君子，刚结婚之时张对她照顾得也还不错，但很快就露出原形，原来他是想占有李清照身边尚存的文物。这些东西李视之如命，而且《金石录》也还没有整理成书，当然不能失去。在张看来，你既嫁我，你的身体连同你的一切都归我所有，为我支配，你还会有什么独立的追求？

两人先是在文物支配权上闹矛盾，渐渐发现志向情趣大异，真正是同床异梦。张汝舟先是以占有这样一个美妇名词人自豪，后渐因不能俘获她的心，不能支配她的行为而恼羞成怒，最后完全撕下文人的面纱，对其拳脚相加，大打出手。华帐前，红烛下，李清照看着这个小白脸，真是怒火中烧。曾经沧海难为水，心存高洁不低头。李清照视人格比生命更珍贵，哪里受得了这种窝囊气，便决定与他分手。但在封建社会女人要离婚谈何容易。无奈之中，李清照走上一条绝路，鱼死网破，告发张汝舟的欺君之罪。

原来，张汝舟在将李清照娶到手后十分得意，就将自己科举考试作弊过关的事拿来夸耀。这当然是大逆不道。李清照知道，只有将张汝舟告倒治罪，自己才能脱离这张罗网。但依宋朝法律，女人告丈夫，无论对错输赢，都要坐牢两年。李清照是一个在感情生活上绝不凑合的人，她宁肯受皮肉之苦，也不受精神的奴役。一旦看穿对方的灵魂，她便表现出无情的鄙视和深切的懊悔。她在给友人的信中说："猥以桑榆之晚景，配兹驵侩之下材。"她是何等刚烈之人，宁可坐牢下狱也不肯与"驵侩"之人为伴。

这场官司的结果是张汝舟被发配到柳州，李清照也随之入狱。我们现在想象李清照为了婚姻的自由，在大堂之上，昂首挺胸，将纤细柔弱的双手伸进枷锁中的一瞬，其坚毅安详之态真不亚于项羽引颈向剑时那勇敢的一刻。可能是李清照的名声太大，当时又有许多人关注此事，再加上朝中友人帮忙，她只坐了九天牢便被释放了。但这在她心灵深处留下了重重的一道伤痕。

今天男女之间分离结合是合法合情的平常事，但在宋代，一个女人，尤其是一个读书女人的再婚又离婚就要引起社会舆论的极大歧视。在当时和事后的许多记载李清照的史书中都是一面肯定她的才华，同时又无不以"不终晚节""无检操""晚节流荡无归"记之。节是什么？就是不管好坏，女人都得跟着这个男人过，就是你不许有个性的追求。可见我们的女词人当时是承受了多么大的心理压力。但是她不怕，她坚持独立的人格，坚持高质量的爱情，她以两个月的时间快刀斩乱麻，甩掉了张汝舟这个"驵侩"包袱，便全身心地投入《金石录》的编写中去了。现在我们读这段史料，真不敢相信是发生在近千年以前宋代的事，她倒像是一个五四时代反封建的新女性。

生命对人来说只有一次，那么爱情对一个人来说有几次呢？大概最美好的、最揪心彻骨的也只有一次。爱情是在生命之舟上做着的一种极危险的实验，是把青春、才华、时间、事业都要赌进去的实验。李清照本来是属于这一类型的，但上苍欲成其名，必先夺其情，苦其心，于是就把她赶出这幸福一族，先是让赵明诚离她而去，再派一个张汝舟来试其心志。她驾着一叶生命的孤舟迎着世俗的恶浪，以破釜沉舟的胆力做了好一场恶斗。本来爱情一次失败，再试成功，甚而更加风光者大有人在，司马相如与卓文君就是。李清照也是准备再攀爱峰的，但可惜没有翻过这道山梁。这是一个悲剧。一个女人心中爱的火花就这样永远地熄灭了，这怎么能不令她沮丧，叫她犯愁呢？

李清照的第二大磨难是：身心颠沛流离，四处逃亡。

一一二九年八月，丈夫赵明诚刚去世，九月就有金兵南犯。李清照带着沉重的书籍文物开始逃难。她基本上是追随着皇上逃亡的路线，国君是国家的代表啊。但是这个可怜可恨的高宗赵构并没有这个觉悟，他不代表国家，就代表他自己的那条小命。他从建康出逃，经越州、明州、奉化、宁海、台州，一路逃下去，一直漂泊到海上，又过海到温州。

李清照一孤寡妇人眼巴巴地追寻着国君远去的方向，自己雇船，求人，投亲靠友，带着她和赵明诚一生搜集的书籍文物，这样苦苦地坚持着。赵明诚生前有托，这些文物是舍命也不能丢的，而且《金石录》也还没有问世，这是她一生的精神寄托。她还有一个想法就是，这些文物在战火中靠她个人实在难以保全，希望追上去送给朝廷，但是她始终没能追上皇帝。

她在当年十一月流浪到衢州，第二年三月又到越州。这期间，她寄存在洪州的两万卷书、两千卷金石拓片又被南侵的金兵焚掠一空。而到越州时随身带着的五大箱文物又被贼人破墙盗走。一一三〇年十一月，皇上看到身后跟随的人太多不利于逃跑，干脆就下令遣散百官。李清照望着龙旗龙舟消失在茫茫大海中，就更感到无限的失望。按封建社会的观念，国家者国土、国君、百姓。今国土让人家占去一半，国君让人家撵得抱头鼠窜，百姓四处流离。国已不国，君已不君，她这个无处立身的亡国之民怎么能不犯愁呢？李清照的身心在历史的油锅里忍受着痛苦的煎熬。

大约是在避难温州时，她写下这首《添字采桑子》：

窗前谁种芭蕉树？阴满中庭。阴满中庭，叶叶心心舒卷有余情。
伤心枕上三更雨，点滴霖霪。点滴霖霪，愁损北人不惯起来听。

"北人"是什么样的人呢？就是流浪之人，是亡国之民，李清照正是这其中的一个。中国历史上的异族入侵多是由北而南，所以"北人"逃难就成了一种历史现象，也成了一种文学现象。"愁损北人不惯起来听"，我们听到了什么呢？听到了祖逖中流击水的呼喊，听到了陆游"遗民泪尽胡尘里，南望王师又一年"的叹息，听到了辛弃疾"可堪回首，佛狸祠下，一片神鸦社鼓"的无奈，更仿佛听到了"我的家在东北松花江上"那悲愤的歌声。

一一三四年，金人又一次南侵，赵构又弃都再逃。李清照第二次流亡到了金华。国运维艰，愁压心头。有人请她去游附近的双溪名胜，她长叹一声，无心出游。

风住尘香花已尽，日晚倦梳头。物是人非事事休，欲语泪先流。

闻说双溪春尚好，也拟泛轻舟。只恐双溪舴艋舟，载不动许

多愁。

————《武陵春》

李清照在流亡途中行无定所，国家支离破碎，到处物是人非，这愁就是一条船也载不动啊！这使我们想起杜甫在逃难中的诗句"感时花溅泪，恨别鸟惊心"。李清照这时的愁早已不是"一种相思，两处闲愁"的家愁、情愁，现在国已破，家已亡，就是真有旧愁，想觅也难寻了。她这时是《诗经》的《黍离》之愁，是辛弃疾"而今识尽愁滋味"的愁，是国家民族的大愁，她是在替天发愁啊。

李清照是恪守"诗言志，歌永言"古训的。她在词中所歌唱的主要是一种情绪，而在诗中直抒的才是自己的胸怀、志向、好恶。因为她的词名太甚，所以人们大多只看到她愁绪满怀的一面。我们如果参读她的诗文，就能更好地理解她的词背后所蕴含的苦闷、挣扎和追求，就知道她到底愁为哪般了。

一一三三年，高宗忽然想起应派人到金国去探视一下徽、钦二帝，顺便打探有无求和的可能。但听说要入虎狼之域，一时朝中无人敢应命。大臣韩肖胄见状自告奋勇，愿冒险一去。李清照日夜关心国事，闻此十分激动，满腹愁绪顿然化作希望与豪情，便作了一首长诗相赠。她在序中说："有易安室者，父祖皆出韩公门下，今家世沦替，子姓寒微，不敢望公之车尘。又贫病，但

神明未衰弱。见此大号令，不能忘言，作古、律诗各一章，以寄区区之意。"

当时她是一个贫病交加、身心憔悴、独身寡居的妇道人家，却还这样关心国事。不用说她在朝中没有地位，就是在社会上也轮不到她来议论这些事啊。但是她站了出来，大声歌颂韩侂胄此举的凛然大义："愿奉天地灵，愿奉宗庙威。径持紫泥诏，直入黄龙城。""脱衣已被汉恩暖，离歌不道易水寒。"她愿以一个民间寡妇的身份临别赠几句话："闾阎嫠妇亦何知，沥血投书干记室""不乞隋珠与和璧，只乞乡关新信息""子孙南渡今几年，飘零遂与流人伍。欲将血泪寄山河，去洒东山一抔土"。

浙江金华有因南北朝时沈约曾题《八咏诗》而得名的一座名楼。李避难于此，登楼遥望这残存的南国半壁江山，不禁临风感慨：

千古风流八咏楼，江山留与后人愁。

水通南国三千里，气压江城十四州。

——《题八咏楼》

我们单看这诗的气势，这哪里像一个流浪中的女子所写啊！倒像一个亟待收复失地的将军或一个忧国伤时的臣子。那一年我到金华特地去凭吊这座名楼。时日推移，楼已被后起的民房拥挤在一处深巷里，但依然鹤立鸡群，风骨不减当年。一位看楼的老人也是个李清照迷，他向我讲了几个李清照故事的民间版本，又拿出几页新搜集的手抄的李词送给我。我仰望危楼，俯察巷陌，深感词人英魂不去，长在人间。李清照在金华避难期间，还写了一篇《打马赋》。"打马"本是当时的一种赌博游戏，李却借题发挥，在文中大量引用历史上名臣良将的典故，状写金戈铁马、挥师疆场的气势，谴责宋室的无能。文末直抒自己烈士暮年的壮志：

> 木兰横戈好女子，老矣不复志千里。但愿相将过淮水！

从这些诗文中可以看见，她真是"位卑未敢忘忧国"，何等心忧天下，心忧国家啊！"但愿相将过淮水"，这使我们想起祖逖闻鸡起舞，想起北宋抗金名臣宗泽病危之时仍拥被而坐大喊：过河！这是一个女诗人，一个"闾阎嫠妇"发出的呼喊啊！与她早期的闲愁闲悲真是相差十万八千里。这愁中又多了多少政治之忧、民族之痛啊！

后人评李清照常常观止于她的一怀愁绪，殊不知她的心灵深处，总是冒着抗争的火花和对理想的呼喊，她是为看不到出路而愁啊！她不依奉权贵，不违心做事。她和当朝权臣秦桧本是亲戚，秦桧的夫人是她二舅的女儿，亲表姐。但是李清照与他们概不来往，就是在她的婚事最困难的时候，她宁可去求远亲也不上秦家的门。秦府落成，大宴亲朋，她也拒不参加。

她不满足于自己"学诗漫有惊人句"，而"欲将血泪寄山河"，她希望收复失地，"径持紫泥诏，直入黄龙城"。但是她看到了什么呢？是偏安都城的虚假繁荣，是朝廷打击志士、迫害忠良的怪事，是主战派和民族义士血泪的呼喊。一一四二年，也就是李清照五十八岁这一年，岳飞被秦桧下狱害死，这件案子惊动京城，震动全国，乌云压城，愁结广宇。李清照心绪难宁，我们的女诗人又陷入更深的忧伤之中。

李清照遇到的第三大磨难是：超越时空的孤独。

感情生活的痛苦和对国家民族的忧心，已将她推入深深的苦海，她像一叶孤舟在风浪中无助地飘摇。但如果只是这两点，还不算最伤最痛，最孤最寒。本来生活中婚变情离者，时时难免；忠臣遭弃，也是代代不绝。更何况她一柔弱女子又生于乱世呢？问题在于她除了遭遇国难、情愁，就连想实现一个普通人的价值，竟也是这样的难。已渐入暮年的李清照没有孩子，守着一孤清的小院落，身边没有一个亲人，国事已难问，家事怕再提，只有秋风扫着黄叶在门前盘旋，偶尔有一两个旧友来访。

她有一孙姓朋友，其小女十岁，极为聪颖。一日孩子来玩时，李清照对她说，你该学点东西，我老了，愿将平生所学相授。不想这孩子脱口说道："才藻非女子事也。"李清照不由得倒抽一口凉气，她觉得一阵晕眩，手扶门框，才使自己勉强没有摔倒。童言无忌，原来在这个社会上有才有情的女子是真正多余啊！而她却一直还奢想什么关心国事、著书立说、传道授业。她收集的文物汗牛充栋，她学富五车，词动京华，到头来却落得个报国无门，情无所托，学无所传，别人看她如同怪物。

李清照感到她像是落在了四面不着边际的深渊里，一种可怕的孤独向她袭来，这个世界上没有一个人能读懂她的心。她像祥林嫂一样茫然地行走在杭州深秋的落叶黄花中，吟出这首浓缩了她一生和全身心痛楚的，也确立了她在中国文学史上地位的《声声慢》：

　　寻寻觅觅，冷冷清清，凄凄惨惨戚戚。乍暖还寒时候，最难将息。三杯两盏淡酒，怎敌他，晚来风急。雁过也，正伤心，却是旧时相识。

　　满地黄花堆积，憔悴损，如今有谁堪摘。守着窗儿，独自怎生得黑。梧桐更兼细雨，到黄昏，点点滴滴。这次第，怎一个愁字了得！

　　是的，她的国愁、家愁、情愁，还有学术之愁，怎一个愁字了得！

　　李清照所寻寻觅觅的是什么呢？从她的身世和诗词文章中，我们至少可以看出，她在寻觅三样东西：一是国家民族的前途。她不愿看到山河破碎，不愿"飘零遂与流人伍"，"欲将血泪寄山河"。在这点上她与同时代的岳飞、陆游及稍后的辛弃疾是相通的。但身为女人，她既不能像岳飞那样驰骋疆场，也不能像辛弃疾那样上朝议事，甚至不能像陆、辛那样有政界、文坛朋友可以痛痛快快地使酒骂座，痛拍栏杆。她甚至没有机会和他们交往，只能独自一人愁。

　　二是寻觅幸福的爱情。她曾有过美满的家庭，有过幸福的爱情，但转瞬就破碎了。她也做过再寻真爱的梦，但又碎得更惨，甚至身负枷锁，锒铛入狱。还被以"不终晚节"载入史书，生前身后受此奇辱。她能说什么呢？也只有独自一人愁。

三是寻觅自身的价值。她以非凡的才华和勤奋，又借着爱情的力量，在学术上完成了《金石录》，在词艺上达到了空前的高度。但是，那个社会不以为奇，不以为功，连那十岁的小女孩都说"才藻非女子事也"，甚至后来陆游为这个孙姓女子写墓志时都认为这话说得好。以陆游这样热血的爱国诗人，也认为"才藻非女子事也"，李清照还有什么话可说呢？她只好一人咀嚼自己的凄凉，又是只有一个愁。

李是研究金石学、文化史的，她当然知道从夏商到宋，女人有才藻、有著作的寥若晨星，而词艺绝高的也只有她一人。都说物以稀为贵，而她却被看作是异类、是叛逆、是多余。她环顾上下两千年，长夜如磐，风雨如晦，相知有谁？鲁迅有一首为歌女立照的诗："华灯照宴敞豪门，娇女严妆侍玉尊。忽忆情亲焦土下，佯看罗袜掩啼痕。"李清照是一个被封建社会役使的歌者，她本在严妆靓容地侍奉着这个社会，但忽然想到她所有的追求都已失落，她所歌唱的无一实现，不由得一阵心酸，只好"佯说黄花与秋风"。

李清照的悲剧就在于她是生在封建时代的一个有文化的女人。作为女人，她处在封建社会的底层，作为一个知识分子，她又处在社会思想的制高点，她看到了许多人看不到的事情，追求着许多人不追求的境界，这就难免有孤独的悲哀。

本来，三千年封建社会，来来往往有多少人都在心安理得、随波逐流地生活。你看，北宋仓皇南渡后不是又夹风夹雨，称臣称儿地苟延了一百五十二年吗？尽管与李清照同时代的陆游愤怒地喊道："公卿有党排宗泽，帷幄无人用岳飞。"但朝中的大人们不是照样做官，照样花天酒地吗？你看，虽生乱世，有多少文人不是照样手摇折扇，歌咏风月，琴棋书画了一生吗？你看，有多少女性，就像那个孙姓女子一般，不学什么辞藻，不追求什么爱情，不是照样生活吗？但是李清照却不，她以平民之身，思公卿之责，念国家大事；以女人之身，求人格平等，寻爱情之尊。无论对待政事、学业还是爱情、婚姻，她绝不随波，绝不凑合，这就难免有了超越时空的孤独和无法解脱的悲哀。

她背着沉重的十字架，集国难、家难、婚难和学业之难于一身，凡封建专制制度所造成的政治、文化、道德、婚姻、人格方面的冲突、磨难，都折射在她那如黄花般瘦弱的身子上。一如她的名字所昭示的，"明月松间照，清泉石上流"。李清照骨子里所追求的是一种人格的超群脱俗，这就难免像屈原一样"众人皆醉我独醒"，难免有超现实的理想化的悲哀。

有一本书叫《百年孤独》，李清照是千年孤独，环顾女界无同类，再看左右无相知，所以她才上溯千年到英雄霸王那里去求相通，"至今思项羽，不肯过江东"。还有，她不可能知道，千年之后，到封建社会气数将尽时，才又出了一个与她相知相通的女性——秋瑾。那秋瑾回首长夜三千年，也长叹了一声："秋雨秋风愁煞人！"

　　如果李清照像那个孙姓女孩或者鲁迅笔下的祥林嫂一样，是一个已经麻木的人，也就算了；如果李清照是以死抗争的杜十娘，也就算了。她偏偏是以心抗世，以笔唤天。她凭着极高的艺术天赋，将这漫天愁绪又抽丝剥茧般地进行了细细纺织，化愁为美，创造了让人们永远享受的词作珍品。

　　李词的特殊魅力就在于它一如作者的人品，于哀怨缠绵之中有执着坚韧的阳刚之气，虽为说愁，实为写真情大志，所以才耐得人百年千年地读下去。郑振铎在《中国文学史》中评价说："她是独创一格的，她是独立于一群词人之中的。她不受别的词人的什么影响，别的词人也似乎受不到她的影响。她是太高绝一时了，庸才的作家是绝不能追得上的。无数的词人诗人，写着无数的离情闺怨的诗词，他们一大半是代女主人翁立言的，这一切的诗词，在清照之前，直如粪土似的无可评价。"于是，她一生的故事和心底的怨愁就转化为凄清的悲剧之美，她和她的词也就永远高悬在历史的星空。

　　随着时代的进步，李清照当年许多痛苦着的事和情都已有了答案，可是当我们偶然再回望一下千年前的风雨时，总能看见那个立于秋风黄花中的寻寻觅觅的美神。

把栏杆拍遍

　　中国历史上由行伍出身，以武起事，而最终以文为业，成为大诗词作家的只有一人，这就是辛弃疾。这也注定了他的词及他这个人，在文人中的唯一性，和在历史上的独特地位。

　　在我看到的资料里，辛弃疾至少是快刀利剑地杀过几次人的。他天生孔武高大，从小苦修剑法。他又生于金宋乱世，不满金人的侵略蹂躏，二十二岁时就拉起了一支数千人的义军，后又与以耿京为首的义军合并，并兼任书记长，掌管印信。一次义军中出了叛徒，将印信偷走，准备投金。辛弃疾手提利剑单人独马追贼两日，第三天提回一颗人头。为了光复大业，他又说服耿京南归，南下临安亲自联络。不想就这几天之内又变生肘腋，当他完成任务返回时，部将叛变，耿京被杀。辛大怒，跃马横刀，只率五十骑突入敌营生擒叛将，又奔突千里，将其押解至临安正法，并率万人南下归宋。说来，他干这场壮举时还只是一个英雄少年，正血气方刚，欲为朝廷痛杀贼寇，收复失地。

但世上的事并不能心想事成。南归之后，他手里立即失去了钢刀利剑，就只剩下一支羊毫软笔，他也再没有机会奔走沙场，血溅战袍，而只能笔走龙蛇，泪洒宣纸，为历史留下一声声悲壮的呼喊、遗憾的叹息和无奈的自嘲。

应该说，辛弃疾的词不是用笔写成，而是用刀和剑刻成的。他是以一个沙场英雄和爱国将军的形象，留存在历史上和自己的诗词中的。时隔千年，当今天我们重读他的作品时，仍感到一种凛然杀气和磅礴之势。比如这首著名的《破阵子》：

醉里挑灯看剑，梦回吹角连营。八百里分麾下炙，五十弦翻塞外声。沙场秋点兵。

马作的卢飞快，弓如霹雳弦惊。了却君王天下事，赢得生前身后名。可怜白发生。

我敢大胆说一句，这首词除了武圣岳飞的《满江红》可与之媲美，在中国上下五千年的文人堆里，再难找出第二首这样有金戈之声的力作。虽然杜甫也写过"射人先射马，擒贼先擒王"，诗人卢纶也写过"欲将轻骑逐，大雪满弓刀"，但这些都是旁观式的想象、抒发和描述，哪一个诗人曾有他这样亲身在刀刃剑尖上滚过来的经历？"列舰层楼""投鞭飞渡""剑指三秦""西风塞马"，他的诗词简直是一部军事辞典。他本来是以身许国，准备血洒大漠、马革裹尸的，但是南渡后他被迫脱离战场，再无用武之地。像屈原那样仰问苍天，像共工那样怒撞不周，他临江水，望长安，登危楼，拍栏杆，只能热泪横流。

　　楚天千里清秋，水随天去秋无际。遥岑远目，献愁供恨，玉簪螺髻。落日楼头，断鸿声里，江南游子。把吴钩看了，栏杆拍遍，无人会，登临意。

——《水龙吟》

　　谁能懂得他这个游子，实际上是亡国浪子的悲愤之心呢？这是他登临建康城赏心亭时所作。此亭遥对古秦淮河，是历代文人墨客赏心雅兴之所，但辛弃疾在这里发出的却是一声悲怆的呼喊。他痛拍栏杆时一定想起过当年的拍刀催马，驰骋沙场，但今天空有一身力、一腔志，又能向何处使呢？我曾专门到南京寻找过这个辛公拍栏杆处，但人去楼毁，早已了无痕迹，唯有江水悠悠，似词人的长叹，东流不息。

　　辛词比其他文人词更深一层的不同，是他的词不是用墨来写，而是蘸着血和泪涂抹而成的。我们今天读其词，总是清清楚楚地听到一个爱国臣子，一遍一遍地哭诉，一次一次地表白。总忘不了他那在夕阳中扶栏远眺、望眼欲穿的形象。

　　辛弃疾南归后为什么这样不为朝廷喜欢呢？他在一首写戒酒的戏作中说："怨无小大，生于所爱；物无美恶，过则为灾。"这首小品正好刻画出他的政治苦闷。他因爱国而生怨，因尽职而招灾。他太爱国家、爱百姓、爱朝廷了。但是朝廷怕他、烦他、忌用他。他作为南宋臣民共生活了四十年，倒有近二十年的时间被闲置一旁，而在断断续续被使用的二十多年间，又有三十七次频繁调动。

但是，每当他得到一次效力的机会，就特别认真、特别执着地去工作。本来有碗饭吃便不该再多事，可是那颗炽热的爱国心烧得他浑身发热。四十年间无论在何地何时任何职，甚至赋闲期间，他都不停地上书，不停地唠叨，一有机会还要真抓实干，练兵、筹款、整饬政务，时刻摆出一副要冲上前线的样子。你想这怎能不让主和苟安的朝廷心烦？

湖南安抚使，这本是一个地方行政长官，他却在任上创办了一支两千五百人的"飞虎军"，铁甲烈马，威风凛凛，雄镇江南。建军之初，造营房，恰逢连日阴雨，无法烧制屋瓦。他就令长沙市民，每户送瓦二十片，立付现银，两日内便全部筹足，其施政的干练作风可见一斑。后来他到福建任地方官，又在那里招兵买马。闽南与漠北相隔何远，但还是隔不断他的忧民情、复国志。

他这个书生、这个工作狂，实在太过了，"过则为灾"，终于惹来了许多的诽谤，甚至说他独裁、犯上。皇帝对他也就时用时弃，国有危难时招来用几天，朝有谤言，又弃而闲几年，这就是他的基本生活节奏，也是他一生最大的悲剧。别看他饱读诗书，在词中到处用典，甚至被后人讥为"掉书袋"，但他至死，也没有弄懂南宋小朝廷为什么只图苟安而不愿去收复失地。

辛弃疾名弃疾，但他那从小使枪舞剑、壮如铁塔的五尺身躯，何尝会有什么疾病？他只有一块心病，金瓯缺，月未圆，山河碎，心不安。

郁孤台下清江水，中间多少行人泪。西北望长安，可怜无数山。青山遮不住，毕竟东流去。江晚正愁余，山深闻鹧鸪。

这是我们在中学课本里就读过的那首著名的《菩萨蛮》，他得的是心郁之病啊。他甚至自嘲自己的姓氏：

烈日秋霜，忠肝义胆，千载家谱。得姓何年，细参辛字，一笑君听取。艰辛做就，悲辛滋味，总是辛酸辛苦。更十分，向人辛辣，椒桂捣残堪吐。

——《永遇乐》

你看"艰辛""悲辛""辛酸""辛辣"，真是五内俱焚。世上许多甜美之事，顺达之志，怎么总轮不到他呢？他要不就是被闲置，要不就是走马灯似的被调动。一一七九年，他从湖北调湖南，同僚为他送行时他心情难平，终于以极委婉的口气叹出了自己政治的失意，这便是那首著名的《摸鱼儿》：

更能消、几番风雨，匆匆春又归去。惜春长怕花开早，何况落红无数。春且住，见说道，天涯芳草无归路。怨春不语。算只有殷勤，画檐蛛网，尽日惹飞絮。

长门事，准拟佳期又误。蛾眉曾有人妒。千金纵买相如赋，脉脉此情谁诉？君莫舞，君不见，玉环飞燕皆尘土。闲愁最苦。休去倚危栏，斜阳正在，烟柳断肠处。

　　据说宋孝宗看到这首词后很不高兴。梁启超评曰："回肠荡气，至于此极，前无古人，后无来者。""长门事"，是指汉武帝的陈皇后遭忌被打入长门宫里。辛以此典相比，一片忠心、痴情和着那许多辛酸、辛苦、辛辣，真是打翻了五味坛子。今天我们读时，每一个字都让人一惊，直让你觉得就是一滴血，或者是一行泪。确实，古来文人的惜春之作，多得可以堆成一座纸山。但有哪一首，能这样委婉而又悲愤地将春色化入政治、诠释政治呢？美人相思也是旧文人写滥了的题材，有哪一首能这样深刻贴切地寓意国事，评论正邪，抒发忧愤呢？

　　但是南宋朝廷毕竟是将他闲置了二十年。二十年的时间让他脱离政界，只许旁观，不得插手，也不得插嘴。辛在他的词中自我解嘲道："君恩重，且教种芙蓉！"这有点像宋仁宗说柳永："且去浅斟低唱，何要浮名？"柳永倒是真的去浅斟低唱了，结果唱出一个纯粹的词人艺术家。辛与柳不同，你想，他是一个大碗喝酒、大块吃肉、痛拍栏杆、大声议政的人。报国无门，他便到赣东北修了一座带湖别墅，咀嚼自己的寂寞。

　　带湖吾甚爱，千丈翠奁开。先生杖屦无事，一日走千回。凡我同盟鸥鹭，今日既盟之后，来往莫相猜。白鹤在何处，尝试与偕来。

　　破青萍，排翠藻，立苍苔。窥鱼笑汝痴计，不解举吾杯。废沼荒丘畴昔，明月清风此夜，人世几欢哀。东岸绿阴少，杨柳更须栽。

——《水调歌头》

这回可真的应了他的号——稼轩，要回乡种地了。一个正当壮年又阅历丰富、胸怀大志的政治家，却每天在山坡和水边踱步，与百姓聊一聊农桑收成之类的闲话，再对着飞鸟游鱼自言自语一番，真是"闲愁最苦""脉脉此情谁诉"。

说到辛弃疾的笔力多深，是刀刻也罢，血写也罢，其实他的追求从来不是要做一个词人。郭沫若说陈毅，"将军本色是诗人"。辛弃疾这个人，词人本色是武人，武人本色是政人。他的词，是在政治的大磨盘间磨出来的豆浆汁液。他由武而文，又由文而政，始终在出世与入世间矛盾，在被用或被弃中受煎熬。

作为封建知识分子，对待政治，他不像陶渊明那样浅尝辄止，便再不染政；也不像白居易那样长期在任，亦政亦文。对国家民族，他有一颗放不下、关不住、比天大、比火热的心；他有一身早练就、憋不住、使不完的劲。他不计较"五斗米折腰"，也不怕谗言倾盆。所以随时局起伏，他就大忙大闲，大起大落，大进大退。稍有政绩，便招谤而被弃；国有危难，便又被招而任用。他亲自组练过军队，上书过《美芹十论》这样著名的治国方略，他是贾谊、诸葛亮、范仲淹一类的时刻忧心如焚的政治家。

他像一块铁，时而被烧红锤打，时而又被扔到冷水中淬火。有人说他是豪放派，继承了苏东坡，但苏的豪放仅止于"大江东去"，山水之阔。苏正当北宋太平盛世，还没有民族仇、复国志来炼其词魂，也没有胡尘飞、金戈鸣来壮其词威。真正的诗人只有被政治大事（包括社会、民族、军事等矛盾）所挤压、扭曲、拧绞、烧炼、锤打时，才可能得到合乎历史潮流的感悟，才可能成为正义的化身。诗歌，也只有在政治之风的鼓荡下，才能飞翔，才能燃烧，才能炸响，才能振聋发聩。学诗功夫在诗外，诗歌之效在诗外。我们承认艺术本身的魅力，更承认艺术加上思想的爆发力。

有人说辛词其实也是婉约派，多情细腻处不亚于柳永、李清照。

> 近来愁似天来大，谁解相怜？谁解相怜？又把愁来做个天。
> 都将今古无穷事，放在愁边。放在愁边，却自移家向酒泉。
>
> ——《丑奴儿》

> 少年不识愁滋味，爱上层楼。爱上层楼，为赋新词强说愁。
> 而今识尽愁滋味，欲说还休。欲说还休，却道天凉好个秋。
>
> ——《丑奴儿》

柳李的多情多愁仅止于"执手相看泪眼""梧桐更兼细雨"，而辛词中的婉约言愁之笔，于淡淡的艺术美感中，却含有深沉的政治与生活哲理。真正的诗人，最善以常人之心言大情大理，能于无声处炸响惊雷。

我常想，要是为辛弃疾造像，最贴切的题目就是"把栏杆拍遍"。他一生大都是在被抛弃的感叹与无奈中度过的。当权者不使为官，却为他准备了锤炼思想和艺术的反面环境。他被九蒸九晒，水煮油炸，千锤百炼。历史的风云，家国的仇恨，正与邪的搏击，爱与恨的纠缠，知识的积累，感情的浇铸，艺术的升华，文字的锤打，这一切都在他的胸中、他的脑海，翻腾、激荡，如地壳内岩浆的滚动鼓胀，冲击积聚。既然这股能量一不能化作刀枪之力，二不能化作施政之策，便只有一股脑地注入诗词，化作诗词。他并不想当词人，但武途政路不通，历史歪打正着地把他逼向了词人之道。终于他被修炼得连叹一口气，也是一首好词了。

说到底，才能和思想是一个人的立身之本。像石缝里的一棵小树，虽然被扭曲、挤压，成不了旗杆，却也可成一条遒劲的龙头拐杖，别是一种价值。但这前提，你必须是一棵树，而不是一棵草。从"沙场秋点兵"到"天凉好个秋"；从决心为国弃疾去病，到最后掰开嚼碎，识得辛字含义；再到自号"稼轩"，同盟鸥鹭……辛弃疾走过了一个爱国志士、爱国诗人的成熟过程。

诗，是随便什么人就可以写的吗？诗人，能在历史上留下名的诗人，是随便什么人都可以当的吗？"一将功成万骨枯"，一员武将的故事，还要多少持刀舞剑者的鲜血才能写成？那么，有思想光芒而又有艺术魅力的诗人呢？他的成名，要有时代的运动，像地球大板块的冲撞那样，他时而被夹其间感受折磨，时而又被甩在一旁被迫冷静思考，所以积三百年北宋南宋之动荡，才产生了一个辛弃疾。

徐霞客的丛林

"丛林"这个词，在自然界就是树林，密密麻麻，丛生着的树木；在佛教里是指僧人聚居的地方——寺院，后来演变成寺院管理。大概出家人总是在远离烟火的地方修行，那里除了树林还是树林。于是丛林，就同时为自然界和精神界所借代，横跨两域而囊括四方。而有一个人，却一生永在这两个丛林里穿行，他就是徐霞客。让我们来截取一段他最后的丛林生活。

徐霞客是中国的旅行文学之祖，他一生足迹遍及现在全国的二十一个省，经三十年撰成六十万字的《徐霞客游记》。我总在好奇地想一个问题，古代交通不便，山水阻隔，而且像旧小说上说的那样，还时有强人出没，以他一人之力，是怎么完成这个壮举的？二〇一八年十一月，我到云南宾川县找树，却误撞入徐霞客的丛林——他穿行的树林和探访过的寺院，才知道他的游历绝不是我们想象的那样单枪匹马。

徐霞客从二十二岁开始，游历了中国的东南部和北部。到一六三六年，他已五十一岁，翘首西望，彩云之南还有一块神秘之地未曾去过。他自知时日不多，便决然地对家人说，我将寄身天涯，再探胜地，家里勿念，生死由之。就这样开始了他人生的收官之旅。

同乡的静闻和尚知他远行，说：吾闻云南有佛地鸡足山，心向往之，早刺血写就了一部《法华经》，今日正好与你结伴，亲送血经，了我大愿。他们离开江阴，晓行夜宿，不想行至湖南境内遭强人打劫，行李、银两尽失。静闻一病不起，他对徐说，吾将不生，请务必将这部血经与我的骨灰带到鸡足山，拜托，拜托。静闻死后，霞客将其火化，捧经负骨，一路向鸡足山而来。

我们现在查到的日期，徐霞客是明崇祯十一年（1638年）十二月二十二日进山的，还带了一个姓顾的随身仆人，就是日记里常提到的顾仆。他这次连续住了三十天，每天写一篇游记。后应丽江土司之邀下山，第二年八月又再返回山上，日记续写到九月十四日，是为《徐霞客游记》的最后一篇。两次共考察记录了二十五寺、十九庵、二十七静室、六阁和两庙。而吃住、供应、交际，几乎都是在寺院里。日出而作，青山绿水；日入而息，黄卷青灯。终日在两个丛林中穿行，超凡脱俗，过着化外生活。

作为旅行文学家他有一种天生的使命感，就是发现自然之美并诉诸美妙的文字，我们至今可与之分享快乐。徐霞客在这里寻奇觅险，就连随从、仆人都不敢上的地方，他常一人攀藤附葛，直达绝顶。舍身崖，一般都是佛地名山的最高最险处，只有舍身敬佛的教徒，为表虔诚才肯冒险一试。你看他是这样登上鸡足山舍身崖的："余攀蹑从之，顾仆不能至。时罡风横厉，欲卷人掷向空中。余手粘足踞，幸不为舍身者。"半空绝壁，大风能把人抛向谷中。他"手粘足踞"，像壁虎一样地爬了上去。而遇风景优美处，则如在仙境。水帘洞"垂空洒壁，历乱纵横，皆如明珠贯索"，石上绿苔"若绚彩铺绒，翠色欲滴"，崖畔"巨松夹陇，翠荫飞流"。

他去探一个壁上的奇洞，没有路，"见一木倚崖直立，少斫级痕以受趾，遂揉木升崖……足之力，半寄于手；手之力亦半无所寄，所谓凭虚御风，而实凭无所凭，御无所御也"。你看，这简直是练杂技，仅靠在一根直木上砍出的几个印子，只能踩住脚趾，就敢攀岩。而且，你再细细品读"揉木升崖"的那个"揉"字，用得多好。他只能全神贯注地体会脚下这力，反复试踏、揉挪脚趾，如履薄冰。我们现代人开车，碰到难停的车位，或需小心地掉头、倒车、错车时，就常用"揉车"这个词，原来在三百多年前徐霞客就早有发明。遇有风景好的时候，他则心情大好，"（楼）前瞰重壑，左右抱两峰，甚舒而称。楼前以杪松连皮为栏，制朴而雅，楼窗疏棂明静。度除夕于万峰深处，此一宵胜人间千百宵"。

他几乎每天都在这样冒险、享受，其乐无穷。他的日记就是一部旅游词典。类似的妙语还有：蚁附虫行、悬峻梯空、涧水冷冷、乔松落落，等等。登山时"作猿猴升"；民俗的热闹"鼓吹填街"；除夕夜举火朝山的人群，"彻夜荧然不绝"。他登上鸡足最高峰，看东北方向，雪山皑皑，金沙江明灭一线，蜿蜒东来。徐霞客终于完成了中国地学的新发现，金沙江才是长江的源头："雪山之东，金沙江实透腋南注。"只有登临绝顶，俯视大千，揽山河于怀中，才会溢出"透腋南注"这样的词句，真巨笔如椽，气达乾坤。

徐霞客是大学问家，他的旅行自然不在游玩山水，而是游学山水，把文章写在大地上和山水之间。晚年的徐霞客已经名声远播，粉丝如云。许多人争相为他提供考察线索，而地方上也常以能接待他为荣。这就应了马克思的那句话，人是各种社会关系的总和。他早不是一个自然的个体人，而已是一个社会的人，他的行走也成了文化上的穿针引线。

徐霞客在西行前，先由当时的大学者陈继儒分别写介绍信给滇中名士唐大来、丽江土司木增和鸡足山上的主持弘辨、安仁二僧。而这二僧当年曾在江浙一带修行，木增土司又很向往汉文化。宗教成了南北四方文化交流的纽带。他人还未到，消息就不胫而走，僧俗人等翘首以盼。徐到后的第一件事情就是安顿好静闻和尚的后事。上山当天他先进的是大觉寺，一进山门就解下包袱，献上血经，将静闻和尚的骨灰挂于院中的一株宋梅上，商议如何修塔归葬。而他也好像有了回家的感觉。

云南的宾川县为金沙江南岸之干热河谷，海拔从一千四百米到三千三百米不等，是典型的立体气候，植物品种极为丰富。感谢徐霞客在三百多年前就穿行在这片丛林里，给我们留下了生物多样性的记录。《徐霞客游记》中详细描写了鸡足山从山下到山顶的松树、胡桃、栗树、桂子、竹、草、兰等。他总是以一种好奇的喜悦的心情观察自然，山水多情，草木有灵。

鸡足山上长着一种云南松，为松科松属的常绿乔木。松树是一个大家族，世界上的松树种类有八十余种，我国分布于华北、西北的有油松、樟子松、黑松和赤松；华中的有马尾松、黄山松、高山松；川滇地区早有云南松、思茅松。松树以其耐旱、抗寒、长寿和树形高大而常被赋予人格上的象征，受人喜爱。松树因每束针叶的数量不同而分为二针、三针、四针、五针，云南松通常三针一束。它还有一个特点是松针柔软而细长，是普通油松的三四倍，颜色鲜嫩青翠，一穗穗的披拂在枝，如观音手中的拂尘。更奇特的是，春天这鲜嫩的松针是可以做成菜吃的，二十多年前我来云南时就曾尝过。

在《游记》中徐霞客详细描绘了传衣古寺前的一株云南松，主干一丈五尺以上，三人合抱，而横枝却比树干还大，已经开裂，只好筑了一个台子，撑起木桩来保护。它的枝叶从四面披散倒悬下来，在空中如凌空飞舞的凤凰。松后的石坊上有一副对联："峰影遥看云盖结，松涛静听海潮生。"山中有寺，寺前有坊，坊上有联，而这一切又掩映在一株不知年月的古松之中，这是何等有人文气息的丛林。亦幻亦真，亦树亦文。他一生踏寻山水，遍访名刹，现在又沉浸在大自然与历史文化相融相映的气氛之中，慢慢品着这副对联，竟推敲起文字来，"涛潮二字连用，不免叠床之病，何不以'声'字易'涛'字呼？"后来他修《鸡足山志》时，又特为这棵"传衣寺古松"立此存照："鸡山之松以五鬣（五鬣，即云南松古称，以其针穗长如动物毛发）见奇，参霄蔽陇，碧荫百里，须眉尽绿，然挺直而不虬，巨润而不古，而古者常种也。龙鳞鹤氅，横盘倒垂，缨络千万，独峙于传衣之前，不意众美之外，又独出此一老。"可惜现在这松与寺都已不复存在了。

如欧洲早期的教会一样，中国的佛教寺院也是一块精神和文化的高地。明代万历年间，鸡足山上逐渐形成了一个青烟缭绕、钟鼓相闻的佛国世界，最盛时有三十二寺七十二庵，两千僧人。而寺庙的兴建，香客云集，又拉动了建筑业、商贸业与民间文化交流。徐霞客在山上，记山水，考寺院，研究文学，收集诗文，编《鸡足山志》。每日不是荡漾在山风绿树间，就是浸润在精神的丛林中，足行手记，为我们留下了那个时代的人文写真。虽远在深山，却情趣多多。

徐曾记某日寺里的早点，"先具小食，馒后继以黄黍之糕，乃小米所蒸，而柔软更胜于糯粉者。乳酪、椒油、菱油、梅醋，杂沓而陈"。他在山上考察十分辛苦，爬山涉水汗流浃背，抄录碑文，冻僵手指。寺里就请他去洗热水澡。这是一个长丈五、宽八尺、深四尺之大池，连着一口烧水大锅，要一天才能烧热。他与四个长老同浴。先在池外洗擦，再入池浸泡，"浸时不一动，恐垢落池中"，再擦，再泡，类似现代的桑拿浴。他自觉有趣，"如此番之浴，遇亦罕矣"。

大觉寺里居然还有一个人工喷泉，池中置盆，"盆中植一锡管，水自管倒腾空中，其高将三丈，玉痕一缕，自下上喷，随风飞洒，散作空花"。他一颗童心，饶有兴趣地去分析研究，终于弄清是将对面崖上的水用管子从地下暗引过来，水压形成喷泉。这恐怕是有记载的中国最早的人工喷泉。

和尚们与他的关系很好，争着抢着邀他到自己的寺、庵、静室里去住，真有点"米酒油馍炕上坐，快把亲人迎进来"的感觉。

山上僧众也有派系，徐甚至还为他们解决矛盾，排解纠纷。

他常住在悉檀寺。悉檀者，梵语，普度之意。这是明王朝敕封的皇家寺院，宏伟庄严"为一山之冠"。日记载，那年腊月二十九他在寺里吃过早饭，到街上去买了一双鞋，仆人买了一个帽子，逛街，中午吃了一碗面。又上行二里，到兰陀寺，寺主热情出迎。见院内有一块残碑，就细考并笔录。神情专注，不觉天黑，"录犹未竟"，寺主备饭留宿。他就让仆人回悉檀寺取自己的卧具，仆人带回悉檀长老的话说，别忘了明天是除夕呀，让你的主人早点回来，"毋令人悬望"。你看，多么温馨的画面，好一个暖暖的丛林。有时回来晚了，寺里就派人举灯到路边或"遍呼山头"。正月十五那天，寺里与民间一样张灯结彩，铺松毛坐地，摆各种果盒，饮茶谈笑，山上居然还有外国僧人。

他的日记，随意记来，山风扑面，涧水有声，僧俗人物等都跃然纸上。

我不知道徐霞客在其他地方是如何游历的，想来别处也不可能一地而集中这两种高档的丛林，有这么多奇绝秀美的山、涧、瀑、树，还有许多从皇家寺院到个人的茅庵、静庐。他是真正来做文化修行的啊，丛林复丛林，何处是归程，徐霞客找到了自己的归宿。而佛祖也觉得他已功德圆满，该招他回西天去了。他那双跋涉了大半生的赤脚疲倦了，一日忽生足疾，渐次不能行走。崇祯十二年（1639年）九月十四日，他写完了游记的最后一篇之后在山上边休养边修《鸡足山志》，三个月后丽江知府派来了八个壮汉，用竹椅将他抬下山去，一直送到湖北境内上船。一百五十天后回到了江阴老家，不久便去世了，享年五十四岁。

我在山上沿着徐霞客考察的路线走了一遍，努力想找回他当年的影子。顺着一条深涧的边沿，我们折进一片林子，约行二里，即是他曾住过的悉檀寺。当年的皇家寺院已毁，没膝深的荒草荆棘里依稀可辨旧时的柱础、房基和片片的瓦砾。唯有寺前的一棵云南松孤挺着伸向蔚蓝的天空。随着时间潮水的退去，它已长成一个顶天立地的汉子。这棵松树该命名为徐霞客松。

当年丽江土司所差的八位壮士就是从这个路口抬他下山的。他示意绕松而过，再看一眼涧边的飞瀑。平时他最喜在这里观瀑，日记中写道："坠崖悬练，深百丈余""绝顶浮岚，中悬九天"。其时正当冬日，叶落满山，飞瀑送客，呼声切切。他这次可不是平常出游之后的回乡，而是客居人间一回，就要大辞而别了。徐霞客从怀中掏出一支磨秃了的毛笔，挥手掷入涧中，伫望良久，他想听一听生命的回声。那支笔飘摇徐下，化作了一株空谷幽兰，依在悬崖之上，数百年来一直静静地绽放着异香。人们把它叫作《徐霞客游记》。

正是：

霞落深山林青青，掷笔涧底有回音。

风尘一生落定时，文章万卷留后人。

最后一位戴罪的功臣

　　既然中国近代史是从一八四〇年鸦片战争算起，禁烟英雄林则徐就是近代史上第一人。可惜这个"第一英雄"刚在南海点燃销烟烈火，就被发往新疆接受朝廷给他的处罚。功与罪在瞬间便交织在一个人身上，将其扭曲再造，像原子裂变一样，产生出一个意想不到的结果。

　　封建皇帝作为最大的私有者，总是以天下为私。道光帝在禁烟问题上本来就犹豫，大臣中也分两派。我推想，是林则徐那篇著名的奏折，指出若再任鸦片泛滥，几十年后中原将"无可以御敌之兵""无可以充饷之银"，狠狠地击中了他的私心。他感到家天下难保，所以就鞭打快牛，顺手给了林一个禁烟钦差。林眼见国危民弱，就出以公心，勇赴重任，表示"若鸦片一日未绝，本大臣一日不回，誓与此事相始终"。

　　他太天真，不知道自己"回不回"，鸦片"绝不绝"，不是他说了算，还得听皇上的。果然他上任只有一年半，一八四〇年九月，就被革职贬到镇海。第二年七月，又被"从重发往伊犁，效力赎罪"。就在林赴疆就罪的途中，黄河泛滥，在军机大臣王鼎的保荐下，林则徐被派赴黄河戴罪治水。他是一个见害就除、见民有难就救的人，不管是烟害、夷害还是水害都挺着身子去堵。半年后治水完毕，所有的人都论功行赏，唯独他得到的是"仍往伊犁"的谕旨。众情难平，须发皆白的王鼎伤心得泪如滂沱。

　　林则徐就是在这样一而再、再而三的打击下西出玉门关的。他以诗言志："苟利国家生死以，岂因祸福避趋之。谪居正是君恩厚，养拙刚于戍卒宜。"这诗前两句刻画出他的铮铮铁骨、刚直不阿，后两句道出了他的牢骚与无奈：给我一个谪贬休息的机会，这是皇上的大恩啊，去当一名戍卒正好养拙。你看这话是不是有点像柳永的"奉旨填词"和辛弃疾的"君恩重，且教种芙蓉"。但不同的是，柳被弃于都城闹市，辛被闲置在江南水乡，林却被发往大漠戈壁。辛、柳只是被弃而不用，而林则徐却被"钦定"为一个政治犯。

　　但是，自从林则徐开始西行就罪，随着离朝廷渐行渐远，朝中那股阴冷之气也就渐趋淡弱，而民间和中下层官吏对他的热情却渐渐高涨，如离开冰窖走进火炉。这种强烈的反差，不仅是当年的林则徐没有想到，就是一百多年后的我们也为之惊喜。

　　林则徐在广东和镇海被革职时，当地群众就表达出了强烈的愤懑。他们不管皇帝怎样说、怎样做，纷纷到林则徐的住处慰问，人数之众，阻塞了街巷。他们为林则徐送靴，送伞，送香炉、明镜，还送来了五十二面颂牌，痛痛快快地表达着自己对民族英雄的敬仰和对朝廷的抗议。林则徐治河有功之后又一次遭贬，中原立即发起援救高潮，开封知府邹鸣鹤公开宣示："有人能救林则徐者酬万金。"林则徐自中原出发后,一路西行,接受着为英雄壮行的洗礼。不论是各级官吏还是普通百姓都争着迎送,好一睹他的风采,都想尽力为他做一点事,以减轻他心理和身体上的痛苦。山高皇帝远,民心任表达。

一八四二年八月二十一日,林离开西安,"自将军、院、司、道、府以及州、县、营员送于郊外者三十余人"。抵兰州时,督抚亲率文职官员出城相迎,武官更是迎出十里之外。过甘肃古浪县时,县知事到离县三十里外的驿站恭迎。林则徐西行的沿途茶食住行都安排得无微不至。进入新疆哈密,办事大臣率文武官员到行馆拜见林,又送坐骑一匹。

到乌鲁木齐,地方官员不但热情接待,还专门为他雇了大车五辆、太平车一辆、轿车两辆。一八四二年十二月十一日,经过四个月零三天的长途跋涉,林则徐终于到达新疆伊犁。伊犁将军布彦泰立即亲到寓所拜访,送菜、送茶,并委派他掌管粮饷。这哪里是监管朝廷流放的罪臣啊,简直是欢迎凯旋的英雄。林则徐是被皇帝远远甩出去的一块破砖头,但这块砖头还未落地就被中下层官吏和民众轻轻接住,并以身相护,安放在他们中间。

现在等待林则徐的是两个考验。

一是恶劣环境的折磨。从现存的资料看,我们知道林则徐虽有民众呵护,还是吃了不少苦头。由于年老体弱,路途颠簸,林一过西安就脾痛,鼻流血不止。当他从乌鲁木齐出发取道果子沟进伊犁时,大雪漫天而落,脚下是厚厚的坚冰,无法骑马坐车,只好徒步,踏雪而行。陪他进疆的两个儿子,于两旁搀扶老爹,心痛得泪流满面，遂跪于地上对天祷告："若父能早日得赦召还，孩儿愿赤脚蹚过此沟。"

林则徐到伊犁后，"体气衰颓，常患感冒""作字不能过二百，看书不能及三十行"。历史上许多朝臣就是这样死在被发配之地，这本来也是皇帝的目的之一。林则徐感到一个无形的黑影向他压来，他在日记中写道："深觉时光可惜，暮景可伤！""频搔白发惭衰病，犹剩丹心耐折磨。"他是以心力来抵抗身病的啊。

二是脱离战场的寂寞。林是一步一回头离开中原的，当他走到酒泉时，听到清政府签订《南京条约》的消息，痛心疾首，深感国事艰难。他在致友人书中说："自念一身休咎死生，皆可置之度外，惟中原顿遭蹂躏，如火燎原，侧身回望，寝馈皆不能安。"他赋诗感叹："小丑跳梁谁殄灭，中原揽辔望澄清。关山万里残宵梦，犹听江东战鼓声。"他为中原局势危机、无人可用而急。

果然是中原乏人吗？人才被一批一批地撤职流放。这时和他一起在虎门销烟的邓廷桢，已早他半年被贬新疆。写下名句"我劝天公重抖擞，不拘一格降人才"的龚自珍，为朝廷提出许多御敌方略，但就是不为采用。本来封建社会一切有为的知识分子，都希望能被朝廷重用，能为国家民族做一点事，这是有为臣子的最大愿望，是他们人生价值观的核心。现在剥夺这个愿望就是剥夺了他的生命，就是用刀子慢慢地割他的肉。虎落平川，马放南山，让他在痛苦和寂寞中毁灭。

"羌笛何须怨杨柳""西出阳关无故人"。关外风物凄凉，人情不再，实在是天设地造的折磨罪臣身心的好场所。当我们现在行进在大漠戈壁时，我真感叹于当年封建专制者这种"流放边地"的发明。你走一天是黄沙，再走一天还是黄沙；你走一天是冰雪，再走一天还是冰雪。不见人，不见村，不见市。这种空虚与寂寞，与把你关在牢中目徒四壁，没有根本区别。马克思说："人是各种社会关系的总和。"把你推到大漠戈壁里，一下子割断你的所有关系，你还是人吗？呜呼，人将不人！特别是对一个博学而有思想的人、一个曾经有作为的人、一个有大志于未来的人。

他一人这样过除夕：

腊雪频添鬓影皤，春醪暂借病颜酡。
三年漂泊居无定，百岁光阴去已多。

——《除夕书怀》

新韶明日逐人来，迁客何时结伴回？
空有灯光照虚耗，竟无神诀卖痴呆。

——《除夕书怀》

他一个人这样过中秋：

雪月天山皎夜光，边声惯听唱伊凉。
孤村白酒愁无奈，隔院红裙乐未央。

——《中秋感怀》

他在季节变换中咀嚼着春的寂寞：

谪居权作探花使。忍轻抛，韶光九十，番风廿四。寒玉未消冰岭雪，氄幕偏闻花气。算修了，边城春禊。怨绿愁红成底事，任花开花谢皆天意。休问讯，春归未。

——《金缕曲·春暮看花》

当权者实在聪明，他就是要让你在这个环境里无事可做，消磨掉理想意志，不管你怎样地怒吼、狂笑、悲歌，那空旷的戈壁瞬间就将这一切吸收得干干净净，这比有回音的囚室还可怕。任你是怎样的人杰，在这里也要成为常人、庸人、废人，失魂落魄。林则徐是一个有经天纬地之才的良臣，是可以作为历史坐标点的人物。禁烟的烈火仍在胸中燃烧，南海的涛声还在耳边回响，万里之外朝野上下还在与英国人做无奈的抗争，而他只能面对这大漠的寂寞。兔未死而狗先烹，鸟未尽而弓先藏。"何日穹庐能解脱，宝刀盼上短辕车。"他是一个被捆绑悬于壁上的壮士，心急如焚，而无可用力。

怎么摆脱这种状况？最常规的办法是得过且过，忍气苟安，争取朝廷早点召回。特别是不能再惹是非，自加其罪。一般还要想方设法讨好皇帝，贿赂官员。像韩愈当年发配南海，第一件事就是向皇帝上一篇谢恩表，不管心中服不服，嘴上先要讨个好。这时内地林的家人和朋友正在筹措银两，准备按清朝法律为他赎罪。林则徐却断然拒绝，他写信说："获咎之由，实与寻常迥异"

"此事定须终止，不可渎呈"。他明确表示，我没有任何错，这样假罪真赎，是自认其咎，何以面对历史？

如今这些信稿还存在伊犁的纪念馆里，翰墨淋漓，正气凛然。当我以十二分的虔诚拜读文物柜中的这些手稿时，顿生一种仰望泰山、遥对长城的肃然之敬，不觉想起林公那句座右铭："海纳百川，有容乃大；壁立千仞，无欲则刚。"他没有一点私欲，不必向任何人低头，为了自己抱定的主义，他能容得下一切不公平。他选择了上对苍天，下对百姓，我行我志，不改初衷，继续为国尽力。

一个爱国臣子和封建君王的本质区别是，前者爱国爱民，以天下为己任；后者爱自己的权位，以天下为己有。当这两者暂时统一，就表现为臣忠君贤，上下一心，并且在臣子一方常将爱国统一于忠君。当这两者不能一致时，就表现为忠臣见逐，弃而不用。在臣子一方或谨遵君命，孤愤而死，如贾谊、岳飞；或暂置君于一旁，为国为民办点实事，如韩愈、辛弃疾、林则徐。他们能摆脱权力高压和私利荣辱，直接对历史负责，所以也被历史所接受、所记录。

林则徐看到这里荒地遍野，便向伊犁将军建议屯田固边，先协助将军开垦城边的二十万亩荒地。垦荒必先兴水利，但这里向无治水习惯与经验，林带头示范，捐出自己的私银，承修了一段河渠。历时四个月，用工二百一十万。这被后人称为"林公渠"的工程，一直使用了一百二十多年，直到一九六七年新渠建成才得以退役。就像当年韩愈发配南海之滨带去中原先进耕作技术一样，林则徐也将内地的水利种植技术推广到清王朝西北的边陲。他还发现并研究了当地人创造的特殊水利工程"坎儿井"，并大力推广。

朝廷本是要用边地的恶劣环境折磨他，他却用自己的意志和才能改造了环境；朝廷要用寂寞和孤闷郁杀他，他却在这亘古荒原上爆出一声惊雷。自古罪臣被流放边地的结局有两种，大部分屈从命运，于孤闷中凄惨地死于流放地；只有少数人能挽命运狂澜于既倒，重新放出生命和事业的光芒。从周文王被拘羑里而演《周易》，到越王勾践被吴所俘后卧薪尝胆，这是生命交响曲中最强的一支，林则徐就属此支此脉。

林则徐在北疆伊犁修渠垦荒卓有成效，但就像当年治好黄河一样，皇帝仍不饶他，又派他到南疆去勘察荒地。北疆虽僻远，但雨量较多，农业尚可。南疆沙海无垠，天气燥热，人烟稀少，语言不通。且北疆南疆天山阻隔，雪峰摩天，这无疑又是对林则徐的一场更大更苦的折磨。现在南北疆已有公路可行，汽车可乘，去年八月盛夏我过天山时，仍要爬雪山，穿冰洞。可想当年林则徐是怎样以羸弱之躯担当此苦任的。对皇帝而言，这是对他的进一步惩罚，而在他，则是在暮年为国为民再尽一点力气。

一八四五年一月十七日，林则徐在三儿聪彝的陪伴下，由伊犁出发，在以后一年内，他南到喀什，东到哈密，勘遍东、南疆域。他经历了踏冰而行的寒冬和烈日如火的酷暑，走过"车箱簸似箕中粟"的戈壁，住过茅屋、毡房、地穴，风起时"彻夕怒号""毡庐欲拔""殊难成眠"，甚至可以吹走人马车辆。

林则徐每到一地，三儿与随从搭棚造饭，他则立即伏案办公，"理公牍至四鼓"，只能靠第二天在车上假寐一会儿，其工作紧张、艰辛如同行军作战。对垦荒修渠工程他必得亲验土方，察看质量，要求属下必须"上可对朝廷，下可对百姓，中可对僚友"。别人十分不理解，他是戍边的罪臣啊，何必这样认真，又哪来的这种精神。说来可怜，这次受旨勘地，也算是"钦差"吧，但这与当年南下禁烟已完全不同，这是皇帝给的苦役，活儿得干，名分全无。他的一切功劳只能记在当地官员的名下，甚至连向皇帝写奏折、汇报工作、反映问题的权利也没有，只能拟好文稿，以别人的名义上奏，这和治黄有功而不上褒奖名单同出一辙。

林则徐在诗中写道："羁臣奉使原非分""头衔笑被旁人问"。这是何等的难堪，又是何等的心灵折磨啊！但是他忍了，他不计较，只要能工作，能为国出力就行。整整一年，他为清政府新增六十九万亩耕地，极大地丰盈了府库，巩固了边防。林则徐真是干了一场"非分"之举，他以罪臣之名分，而行忠臣之事。

而历史与现实中也常有人干着另一种"非分"的事，即凭着合法的职位，用国家赋予的权力去贪赃营私，如王莽、杨国忠、秦桧等。原来社会上无论是大奸、巨贪还是小人，都是以合法的名分而行分外之奸、分外之贪、分外之私的。当然，他们最后也被历史所记录。陈毅有诗："手莫伸，伸手必被捉。"他们被历史捉来，钉在了耻辱柱上。可知世上之事，相差之远者莫如人格之分了。有人以罪身而忍辱负重，建功立业；有人以功位而鼠窃狗盗，自取其耻，自取其罪。确实，"分"这个界限就是"人"这个原子的外壳,一旦外壳破而裂变,无论好坏,其力量都特别大。

林则徐还有一件更加"分外"的事,就是大胆进行了一次"土地改革"。当勘地工作将结束,返回哈密时,路遇百余官绅商民跪地不起,拦轿告状。原来这里山高皇帝远,哈密土王将辖区所有土地及煤矿、山林、瓜园、菜圃等皆霸为己有。汉、维群众无寸土可耕,就是驻军修营房拉一车土也要交几十文钱,百姓埋一个死人也要交银数两。土王大肆截留国家税收,数十年间如此横行竟无人敢管。

林则徐接状后勃然大怒:"此咽喉要地,实边防最重之区,无田无粮,几成化外。"立判将土王所占一万多亩耕地分给当地汉、维农民耕种,并张出布告:"新疆与内地均在皇舆一统之内,无寸土可以自私。民人与维吾尔人均在圣恩并育之中,无一处可以异视。必须互相和睦,畛域无分。"为防有变,他还将此布告刻制成碑,"立于城关大道之旁,俾众目共瞻,永昭遵守"。布告一出,各族人民奔走相告,不但有了生计,且民族和睦,边防巩固。要知道他这是以罪臣之身又多管了一件"闲事"啊!恰这时清廷赦令亦下,林则徐在万众感激和依依不舍的祝愿声中向关内走去。

一百多年后,我又来细细寻觅林公的踪迹。在惠远城里,我提出一定要谒拜一下当年先生住的城南东二巷故居。陪同说,原城已无存,现在这个城是在一八八二年,比原城后撤了七公里重建的,当年的惠远城早已毁于沙俄的入侵。这没有关系,我追寻的是那颗闪耀在中国近代史上空的民族魂,至于其载体为何无关本质。

　　我小心地迈进那条小巷，小院短墙，瓜棚豆蔓。旧时林公堂前燕，依然展翅迎远客。我不甘心，又驱车南行去寻找那个旧城。穿过一个村镇，沿着参天的白杨，再过一条河渠，一片茂密的玉米地旁留有一堵土墙，这就是古惠远城。夕阳下沉重的黄土划开浩浩绿海，如一条大堤直伸到天际。我感到了林公的魂灵充盈天地，贯穿古今。

　　林则徐是皇家钦定的、中国古代最后的一位罪臣，又是人民托举出来的、近代史开篇的第一位功臣。

百年明镜季羡老

九十八岁的季羡林先生离我们而去了。

初识先生是在二十世纪九十年代的一次发奖会上。那时我在新闻出版署工作，全国每两年评选一次优秀图书，季老是评委，坐第一排，我在台上干一点宣布谁谁讲话之类的"主持"之事。他大概看过我哪一篇文章，托助手李玉洁女士来对号，我赶忙上前向他致敬，会后又带上我的几本书到北大他的住处去拜访求教。他对家中的保姆也指导读书，还教她写点小文章。先生的住处是在校园北边的一座很旧的老式楼房里，朗润园十三号楼。那天我穿树林，过小桥找到楼下，一位司机正在擦车，说正是这里，刚才老人还出来看客人来了没有。

房共两层，先生住一层。左边一套是他的会客室，有客厅和卧室兼书房，不过这只能叫书房之一，主要是用来写散文随笔的，我在心里给它取一个名字叫"散文书屋"，著名的《牛棚杂忆》就产生在这里。书房里有一张睡了几十年的铁皮旧床，甚至还铺着粗布草垫，环墙满架是文学方面的书，还有朋友、学生的赠书。

他很认真，凡别人送的书，都让助手仔细登记、编号、上架。到书多得放不下时，就送到学校为他准备的专门图书室去。他每天四时即起，就在床边的一张不大的书桌上写作。这是多年的习惯，学校里都知道他是"北大一盏灯"。有时会客室里客人多时，就先把熟一点的朋友避让到这间房里。

有一年春节我去看他，碰到教育部部长来拜年，一会儿市委副书记又来，他就很耐心地让我到书房等一会儿，并没有一些大人物乘机借新客来就逐旧客走的手段。我尽情地仰观满架的藏书，还可低头细读他写了一半的手稿。他用钢笔，总是写那样整齐的略显扁一点的小楷。学校考虑到他年高，尽量减少打扰，就在门上贴了不会客之类的小告示，助手也常出面挡驾。但先生很随和，听到动静，常主动出来请客人进屋。助手李玉洁女士说："没办法，你看我们倒成了'恶人'。"

这套房子的对面还有一套东屋，我暗叫它"学术书房"，共两间，全部摆满语言、佛教等方面的专业书，人要在书架的夹道中侧身穿行。和"散文书屋"不同，这里是先生专注学术文章的地方，向南临窗也有一书桌。我曾带我的搞摄影的孩子，在这里为先生照过一次相。他很慷慨地为一个孙辈小儿写了一幅勉励的字，是韩愈的那句"业精于勤荒于嬉"，还要写上"某某小友惠存"。他每有新书出版送我时，还要写上"老友或兄指正"之类的，弄得我很紧张。他却总是慈祥地笑一笑问："还有一本什么新书送过你没有？"有许多书我是没有的，但这份情太重，我不敢多受，受之一二本已很满足，就连忙说有了有了。

先生年事已高，一般我是不带人或带任务去看他的。有一次，我在中央党校学习，党校离北大不远，他们办的《学习时报》大约正逢几周年，要我向季老求字，我就带了一个年轻记者去采访他。采访中记者很为他的平易近人和居家生活的简朴所感动。那天助手李玉洁女士讲了一件事。季老常为目前社会上的奢费之风担忧，特别是水资源的浪费，他是多次呼吁的，但没有效果。他就从自家做起，在马桶水箱里放了两块砖，这样来减少水箱的排水量。这位年轻的女记者当时就笑弯了腰，她不能理解，先生生活起居都有国家操心，自己何至于这样认真？以后过了几年，她每次见到我都提起那件事，说季老可亲可爱，就像她家乡农村里的一位老爷爷。

后来季老住进三〇一医院，为了整理先生的谈话我还带过我的一名学生去看他，这名年轻人回来后也说，总觉得先生就像是隔壁邻居的一位老大爷。我就只有这两次带外人去见他，不忍心加重他的负担。但是后来过了两年，我又一次住党校时，有一位学员认识他，居然带了同班十多个人去他病房里问这问那、合影留念。他们回来向我兴奋地炫耀，我心里却戚戚然，十分不安，老人也实在太厚道了。

先生永远是一身中山装，每日三餐粗茶淡饭。他是在二十四岁那一年，人生可塑可造的年龄留洋的啊，一去十年。以后又一生都在搞外国文学、外语教学和中外文化交流的研究，怎么就没有一点"洋"味呢？近几年基因之说盛行，我就想大概是他身上农民子弟的基因使然。有一次他在病房里给我讲，小时穷得吃不饱饭，给一个亲戚家割牛草，送完草后磨蹭着不走，直等到中午，只为能给一口玉米饼子吃。他现在仍极为节俭，害怕浪费，厌恶虚荣。每到春节，总有各级官场上的人去看他，送许多大小花篮，他病房门口的走廊上就摆起一条花篮的长龙。到医院去找他，这是一个最好的标志。他对这总是暗自摇头。我知道先生是最怕虚应故事的，有一年老同学胡乔木邀他同去敦煌，他是研究古西域文化的，当然想去，但一想到沿途的官场迎送，便婉言谢绝。

自从知道他心里的所好，我再去看他时，就专送最土的最实用的东西。一次从香山下来，见到山脚下地摊上卖红薯，很干净漂亮的红薯，我就买了一些直接送到病房，他极高兴，说很久没有见到这样好的红薯。先生睡眠不好，已经吃了四十年的安眠药，但他仍好喝茶。杭州的"龙井"当然是名茶，有一年我从浙江开化县的一次环保现场会上带回一种"龙顶"茶。我告诉他这"龙顶"在"龙井"上游三百公里处，少了许多污染，最好喝。他大奇，说从未听说过，目光里竟有一点孩子似的天真。我立即联想到他写的一篇《神奇的丝瓜》，文中他仰头观察房上的丝瓜，也是这个神态。这一刻我一下读懂了一个大学者的童心和他对自然的关怀。季老为读者所喜爱，实在不关什么学术，至少不全因学术。

他很喜欢我的家乡出的一种"沁州黄"小米，这米只能在一小片特定的土地上生长，过去是专供皇上的。现在人们有了经营头脑，就打起贡品的招牌，用一种肚大嘴小的青花瓷罐包装。先生吃过米后，却舍不得扔掉罐子，在窗台上摆着，说插花很好看。以后我就摸着他的脾气，送土不送洋，鲜花之类的是绝不带的。

后来，聊得多了，我又发现了一丝微妙，虽是同一辈的大学者，但他对洋派一些的人物，总是所言不多。

我到先生处聊天，一般是我说得多些，考虑先生年高，出门不便，就尽量通报一点社会上的信息。有时政、社会新闻，也有近期学术动态，或说到新出的哪一本书、哪一本杂志。有时出差回来，就说一说外地见闻。有时也汇报一下自己的创作，他都很认真地听。助手李玉洁说，先生希望你们多来。他还给常来的人都起个"雅号"，我的雅号是"政治散文"，他还就这个意思为我的散文集写过一篇序。如时间长了我未去，他会问助手，"政治散文"怎么没有来。

一次我从新疆回来，正在写作《最后一位戴罪的功臣》，我谈到在伊犁采访林则徐的旧事。虎门销烟之后林被清政府发配伊犁，家人和朋友要依清律出银为他赎罪，林坚决不肯，不愿认这个罪。在纪念馆里有他就此事给夫人的信稿。还有发配入疆时，过险地"果子沟"，大雪拥谷，车不能走，林家父子只好下车蹚雪而行，其子跪地向天祷告："若父能早日得赦召还，孩儿愿赤脚蹚过此沟。"先生的眼角已经饱含泪水。他对爱国和孝敬老人这两种道德观念是看得很重的。他说，爱国，世界各国都爱，但中国人爱国观念更重些。欧洲许多小国，历史变化很大，唯有中国有自己一以继之的历史，爱国情感也就更浓。他对孝道也很看重，说"孝"这个词是汉语里特有的，外语里没有相应的单词。我因在报社分管教育方面的报道，一次到病房里看他，聊天时就说到儿童教育，他说："我主张小学生的德育标准是：热爱祖国、孝顺父母、尊敬师长、同伴和睦。"他当即提笔写下这四句话，后来发表在《人民日报》上。

先生原住在北大，房子虽旧，环境却好。门口有一水塘，夏天开满荷花。是他的学生从南方带了一把莲子，他随手扬入池中，一年、两年、三年就渐渐荷叶连连，红花映日，他有一文专记此事。于是，北大这处荷花水景就叫"季荷"。但二〇〇三年，就是中国大地非典流行那一年，先生病了，年初住进了三〇一医院，开始治疗一段时间还回家去住一两次，后来就只好以院为家了。"留得枯荷听雨声"，季荷再也没见到它的主人，我也无缘季荷池了，以后就只有在医院里见面。

刚去时，常碰到护士换药。是腿疾，要用夹子伸到伤口里洗脓涂药，近百岁老人受此折磨，令人心中不是滋味，他却说不痛。助手说，哪能不痛？先生从不言痛。医院都说他是最好伺候的、配合得最好的模范病人。他很坦然地对我说，自己已老朽，对他用药已无价值。他郑重建议医院千万不要用贵药，实在是浪费。医院就骗他说，药不贵。一次护士说漏了嘴："季老，给您用的是最好的药。"这一下坏了，倒叫他心里长时间不安，不过他的腿疾却神奇般地好了。

先生刚进来时住在聂荣臻元帅曾住过的病房里。我和家人去看他，一切条件都好，但有两条不便。一是病房没有电话（为安静，有意不装）；二是没有一个方便的可移动的小书桌。先生是因腿疾住院的，不能行走、站立，而他看书、写作的习惯却不能丢。我即开车到医院南面的玉泉营商场，买了一个有四个小轮的可移动小桌，下可盛书，上可写字。先生笑呵呵地说，这就好了，这就好了。我再去时，小桌上总是堆满书，还有笔和放大镜。后来先生又搬到三〇一南院，条件更好一些。许多重要的文章，如悼念巴金、臧克家的文章都是在小桌板上，如小学生那样伏案写成的。他住院四年，竟又写了一本《病榻杂记》。

我去看季老时大部分是问病或聊天，从不敢谈学问。在我看来他的学问高深莫测，他大学时候受教于王国维、陈寅恪这些国学大师，留德十年，回国后，朋友中有朱光潜、冯友兰、吴晗、任继愈、臧克家，还有胡乔木、乔冠华等。新中国成立后，他创办并主持北大东语系二十年。

他研究佛教，研究佛经翻译，研究古代印度和西域的各种方言，又和英、德、法、俄等国语言进行比较。试想我们现在读古汉语已是多么吃力费解，他却去读人家印度还有西域的古语言，还要理出规律。我们平常听和尚念经，嗡嗡然，不知何意，就是看翻译过来的佛经"揭谛揭谛波罗揭谛"也不知所云，而先生却要去研究、分辨、对比这些经文是梵文的还是那些已经消失的西域古国文字。他又研究法显、玄奘如何到西天取经，这经到汉地以后如何翻译，只一个"佛"就有佛陀、浮陀、勃陀、母陀、步他、浮屠、香勃陀等二十多种译法。

不只是佛经、佛教，他还研究印度古代文学，翻译剧本《沙恭达罗》、史诗《罗摩衍那》。他不像专攻古诗词、古汉语、古代史的学者，可直接在自己的领地上打天下，享受成果和荣誉，他是在依稀可辨的古文字中研究东方古文学的遗存，在浩渺的史料中寻找中印交流与东西方交流的轨迹，及思想、文化的源流。比如他从梵文与其他多国文的"糖"字的考证中竟如茧抽丝，写出一本八十万字的《糖史》，真让人不敢相信。这些东西在我们看来像一片茫茫的原始森林，稍一涉足就会迷路而不得返。我对这些实在心存恐惧，所以很长时间没敢问及。但是就像一个孩子觉得糖好吃就忍不住要打听与糖有关的事，以后见面多了，我还是从旁观的角度提了许多可笑的问题。

我说，您研究佛教，信不信佛？他很干脆地说："不信。"这让我很吃一惊，中国知识分子从苏东坡到梁漱溟，都把佛学当作自己立身处世规则的一部分，先生却是这样的坚决。他说："我是无神论，佛、天主、耶稣、真主都不信。假如研究一个宗教，结果又信这个教，说明他不是真研究，或者没有研究通。"

我还有一个更外行的问题："季老，您研究吐火罗文，研究那些外国古代的学问，总是让人觉得很遥远，对现实有什么用？"他没有正面回答，说："学问，不能拿有用还是无用的标准来衡量，只要精深就行。当年牛顿研究万有引力时知道有什么用？"是的，我从来没有考虑过这个问题，牛顿当时如果只想有用无用，可能早经商发财去了。事实上，所有的科学家在开始研究一个原理时，都没有功利主义地问它有何用，只要是未知，他就去探寻，不问结果。至于有没有用，那是后人的事。而许多时候，科学家、学者都是再没有看到自己的研究结果。先生在回答这个问题时的那一份平静，深深地印在我的脑子里。

有一次，我带一本新出的梁漱溟的书去见他。他说："我崇拜梁漱溟。"我就乘势问："您还崇拜谁？"他说："并世之人，还有彭德怀。"这又让我吃一惊。一个学者怎么会崇拜一个将军？他说："彭德怀敢说真话，这一点不简单，很可贵。"我又问："还有可崇拜的人吗？""没有了。"他又想了一会儿："如果有的话，马寅初算一个。"我没有再问。我知道希望说真话一直是他心中隐隐的痛。在骨子里，他是一个忧时忧政的人。巴金去世时，他在病中写了《悼巴金》，特别提到巴老的《真话集》。1986 年，他又出版了一本《牛棚杂忆》。

我每去医院，总看见老人端坐在小桌后面的沙发里，挺胸，目光看着窗户一侧的明亮处，两道长长的寿眉从眼睛上方垂下来，那样深沉慈祥。前额深刻着的皱纹、嘴角处的棱线、连同身上那件特有的病袍，显出几分威严。我想起先生对自己概括的一个字"犟"，这一点他和彭总、马老是相通的。不知怎么，我脑子里又飞快地联想到先生的另一个形象。一次人民大会堂开一个关于古籍整理的座谈会，我正好在场。任继愈老先生讲了一个故事，说北京图书馆的善本只限定有一定资格的学者才能借阅。季先生带的研究生写论文需要查阅，但无资格，先生就陪着他到北图，借出书来让学生读，他端坐一旁等着，好一幅寿者课童图。渐渐地，这与他眼前端坐病室的身影叠加起来，历史就这样洗磨出一位百岁老人，一个经历了由民国至中华人民共和国，其间又经历了"十年动乱"和改革开放的中国知识分子。

后来先生的眼睛也不大好了，慢慢近似失明，他题字时几乎是靠惯性，笔一停就连不上了。我越来越觉得应该为先生做点事，便开始整理一点与先生的谈话。我又想到先生不只是一个很专业的学者，他的思想、精神和文采应该普及和传播，于是建议帮他选一本面对青少年的文集，他欣然应允，并自定题目，自题书名，又为其中的一本图集写了书名《风风雨雨一百年》。在定编辑思想时，他一再说："我这一生就是一面镜子。"我就写了一篇短跋，表达我对先生的尊敬和他的社会意义。这套《季羡林自选集》终于出版，想不到这竟是我为先生做的最后一件事。而谈话整理，总是因各种打扰，惜未做完。

现在我翻着先生的著作，回忆着与他无数次的见面，先生确是一面镜子，一面为时代风雨所打磨的百年明镜。在这面镜子里可以照出百年来国家民族的命运，思想学术的兴替，也可以照见我们自己的人生。

第 二 章

不如静对一院秋

泰山，人向天的倾诉

我曾游黄山，却未写一字，其云蒸霞蔚之态，叫我后悔自己不是一名画家。今我游泰山，又遇到这种窘态。其遍布石树间的秦汉遗迹，叫我后悔没有专攻历史。呜呼，真正的名山自有其灵，自有其魂，怎么能用文字描述呢？

我是乘着缆车直上南天门的。天门虎踞两山之间，扼守深谷之上，石砌的城楼横空出世，门洞下十八盘的石阶曲折明灭直下沟底，那本是由每根几吨重的大石条铺成的四十里登山大道，在天门之下倒像一条单薄的软梯，被山风随便吹挂在绿树飞泉之上。门楼上有一副石刻联："门辟九霄，仰步三天胜迹；阶崇万级，俯临千嶂奇观。"我倚门回望人间，已是云海茫茫，不见尘寰。

入门之后便是天街，这便是岱顶的范围了。天街这个词真不知是谁想出来的。云雾之中一条宽宽的青石路，路的右边是不见底的万丈深渊，填满了大大小小的绿松与往来涌动的白云。路的左边是依山而起的楼阁，飞檐朱门，雕梁画栋。其实都是些普通的商店饭馆，游人就踏着雾进去购物、小憩。不脱常人的生活，却颇有仙人的风姿，这些是天上的街市。

　　渐走渐高，泰山已用她巨人的肩膀将我们托在凌霄之中。极顶最好的风光自然是远眺海日，一览众山，但那要碰到极好的天气。我今天所能感受到的，只是近处的石和远处的云。我登上山顶的舍身崖，这是一块百十平方米的巨石，周围一圈石条栏杆，崖上有巨石突兀，高三米多，石旁大书"瞻鲁台"，相传孔子曾在此望鲁都曲阜。

　　凭栏望去，远处凄迷朦胧，不知何方世界，近处对面的山或陡立如墙，伟岸英雄；或奇峰突起，逸俊超拔。四周怪石或横出山腰，或探下云海，或中裂一线，或聚成一簇。风呼呼吹过，衣不能披，人几不可立，云急急扑来，一头撞在山腰上就立即被推回山谷，被吸进石缝。头上的雨轻轻洒下，洗得石面更黑更青。我曾不止一次地在海边静观那千里狂浪怎样在壁立的石岸前撞得粉碎，今天却看到这狂啸着似乎要淹没世界的云涛雾海，一到岱顶石前，就偃旗息鼓，落荒而去。难怪人们尊泰山为五岳之首，为东岳大帝。一般民宅前多立一块泰山石镇宅，而要表示坚固时就用稳如泰山。至少，此时此景叫我感到泰山就是天地间的支柱。

　　这时我再回头看那些象征坚强生命的劲松，它们攀附于石缝间不过是一点绿色的苔痕。看那些象征神灵威力的佛寺道观，填缀于崖畔岩间，不过是些红黄色的积木。倒是脚下这块曾使孔子小天下的巨石，探于云海之上，迎风沐雨，向没有尽头的天空伸去。泰山，无论是森森的万物还是冥冥的神灵，一切在你的面前都是这样的卑微。

这岱顶的确是一个与天对话的好地方，各种各样的人在尘世间活久了，总想摆脱地心的吸力向天而去。于是他们便选中了这东海之滨、齐鲁平原上拔地而起的泰山。泰山之巅并不像一般山峰尖峭锐立，顶上平缓开阔，最高处为玉皇顶。玉皇顶南有宽阔的平台，再南有日观峰，峰边有探海石。这里有平台可徘徊思索，有亭可登高望日，有许多巨石可供人留字，好像上天在它的大门口专为人类准备了一个进见的丹墀，好让人们诉说自己的心愿。

我看过几个国外的教堂，你置身其中仰望空阔阴森的穹顶，及顶窗上射进的几丝阳光，顿觉人的渺小，而神虽不可见却又无处不在，紧攥着你的魂灵。但你一出教堂，就觉得刚才是在人为布置好的密室里与上帝幽会。而在岱顶，你会确实感到"天接云涛连晓雾，星河欲转千帆舞""闻天语，殷勤问我归何处"。不是在密室，而是在天宫门口与天帝对话。同是表达人的崇拜，表现人与神的相通，但那气魄、那氛围、那效果迥然不同。前者是自卑自怯的窃窃私语，后者是坦诚大胆的直抒胸臆，不但可以说，还可以写，而天帝为你准备好的纸就是这些极大极硬的花岗石。

这里几乎无石不刻，大者洗削整面石壁，写洋洋文章；小者暗取石上缓平之处，留一字两字。山风呼啸，石林挺立，秦篆汉隶旁出左右。千百年来，各种各样的人总是这样挥汗如雨、气喘吁吁地登上这个大舞台，在这里留诗留字，借风势山威向天倾诉自己的思想，表达自己的意志。

你看，帝王来了，他们对岱岳神是那样虔诚，穿着长长的衮服，戴着高高的皇冠，又将车轮包上蒲草，不敢伤害岱神的一草一木，下令"不欲多人"，以"保灵山清洁"。他们受命于天，自然要到这离天最近的地方，求天保佑国泰民安。玉皇顶上现存最大的一面石刻就是唐玄宗在开元十三年（725年）东封泰山时的《纪泰山铭》，高13.3米，宽5.7米，共一千零九个字。铭曰："维天生人，立君以理，维君受命，奉为天子，代去不留，人来无已……"从赫赫高祖数起，大颂李唐王朝的功德。一面要扬皇恩以安民，一面又要借天威以佑君，帝王的这种威于民而卑于天的心理很是微妙。他们越是想守住天下，就越往山上跑得勤，汉武帝就来过七次，清乾隆就来过十一次。在中华大地的万千群山中唯有泰山享有这种让天子叩头的殊荣。

除了一国之主外，凡关心中华命运的人也几乎没有不来泰山的。你看诗人来了，他们要借这山的坚毅与风的狂舞铸炼诗魂，李白登高狂呼"天门一长啸，万里清风来"，杜甫沉吟着"会当凌绝顶，一览众山小"；志士来了，他们要借苍松、借落日、借飞雪来寄托自己的抱负，一块石头上刻着这样一首诗，"眼底乾坤小，胸中块垒多。峰头最高处，拔剑纵狂歌"；将军来了，徐向前刻石"登高壮观天地间"，陈毅刻石"泰岳高纵万山从"；还有许多字词石刻，如"五岳独尊""最高峰""登峰造极""擎天捧日""仰观俯察"，等等。其中"果然"两字最耐人寻味。确实，每个中国人来泰山之前谁心里没有她的尊严、她的形象呢？一到极顶，此情此景便无复多说了。

我想，要造就一个有作为、有思想的人，登高恐怕是一个没有被人注意却在一直使用的手段。凡人素质中的胸怀开阔、志向远大、感情激越的一面，确实要借凭高御风、采天地之正气才可获得。历代帝王争上泰山，除假神道设教的目的外，从政治家的角度，他们要统领万众治国安邦也得来这里饱吸几口浩然之气。至于那些志士、仁人、将军、诗人，他们都各怀着自己的经历、感情、志向来与这极顶的风雪相孕化，拓宽视野，铸炼心剑，谱写浩歌，然后将他们的所感所悟镌刻在脚下的石上，飘然下山，去成就自己的事业。

看完极顶，我们步行缓缓下山，沉在山谷之中，两边全是遮天的峰峦和翠绿的松柏，刚才泰山还把我们豪爽地托在云外，现在又温柔地揽在怀中了。泉水顺着山势随人而下，欢快得一跌再跌，形成一个瀑布，一条小溪，清亮地漫过石板，清音悦耳，水汽蒸腾。怪石也不时地或卧或立横出路旁，好水好石又少不了精美的刻字来画龙点睛。

万年古山自然有千年老树，名声最大的是迎客松和秦松。前者因其状如伸手迎客而得名，后者因秦王登山避雨树下而得名。在斗母宫前有一株汉代的"卧龙槐"，一断枝横卧于地伸出十多米，只剩一片树皮了，但又暴出新枝，欣欣向上，与枝下的青石同寿。如果说刚才泰山是以拔地而起的气概来向人讲解历史的沧桑，现在则以秀丽深幽的风光掩映着悠久的文明。我踏着这条文化加风景的山路，一直来到此行预定的终点——经石峪。

经石峪，因刻石得名，就是石头上刻有经文的山谷。离开登山主道有一小路向更深的谷底蜿蜒而下，碎石杂陈，山树横逸，过一废亭，便听见流水潺潺。再登上几步台阶，有一亩地大的石坪豁然现于眼前。最叫人吃惊的是，坪上断断续续刻着斗大的经文。这是一部完整的《金刚经》，经岁月风蚀现存一千零六十七个字。我沿着石坪仔细地看了一圈，这是一个季节性河槽，流水长年的洗刷，使河底形成一块极好极大的书写石板。这部经刻大约成于北齐年间，历代僧人就用这种独特的方式来表达自己的信仰。

我在祖国各地旅行，常常惊异于佛教信仰的力量和他们表达信仰的手段。他们将云冈、敦煌的山挖空造佛，将乐山一座石山改造成坐佛，将大足一条山沟里刻满佛，现在又在泰山的一条河沟里刻满了佛经。那些石窟是要修几百年经几代人才能完成的。这部经文呢？每字半米见方，入石三分，字体古朴苍劲。我想虽用不了几百年，可顶着烈日，挥汗如雨，在这坚硬的花岗石上一天也未必能刻出一两个字。中国的书有写在竹简上的，写在帛上、纸上的，今天我却看到一部名副其实的石头书。

我在这部大书上轻轻漫步，生怕碰损它那已历经千年风雨的页面。我低头看那一横一竖，好像是一座古建筑的梁柱，又像古战场的剑戟，或者出土的青铜器。我慢慢地跪下轻轻抚摸这一点一捺，又舒展身子躺在这页大书上，仰天遐想。四周是松柏合围的山谷，头上蓝天白云如一天井，泉水从旁边滑过，水纹下映出"清音流水"四个大字。我感到一种无限的满足。

一般人登泰山多是在山顶上坐等日出，大概很少有人能到这偏僻深沟里的石书上睡一会儿的。躺在书上就想起赫尔岑有一句关于书的名言："书——是这一代对下一代的精神上的遗训。"

泰山就是我们的先人传给后人的一本巨书。造物者造了这样一座山，这样既雄伟又秀丽的山体，又特意在草木流水间布了许多青石。人们就在这石上填刻自己的思想，一代一代，传到现在。人与自然就这样合作完成了一件杰作。难怪泰山是民族的象征，她身上寄托着多少代人的理想、情感与思考啊。虽然有些已经过时，也许还有点陈腐，却是这样的真实。这座石与木组成的大山，对创造中华民族的文明史是有特殊贡献的。谁敢说这历代无数的登山者中，没有人在这里顿悟灵感而成其大业的呢？

天将黑了，我们又匆匆下到泰安城里看了岱宗庙。这庙和北京的故宫是同一个格式，只是高度低了三砖，可见皇帝对岱神的尊敬。庙中又有许多碑刻资料、塑像、壁画、古木、大殿，这些都是泰山的注脚。在中国就像只有皇帝才配有一座故宫一样，哪还有第二座山配有这样一座大庙呢？庙是供神来住的，而神从来都是人创造的。岱岳之神则是我们的祖先，点点滴滴倾注自己的信念于泰山这个载体，积数千年之功而终于成就的。他不是寺院里的观音，更不是村口庙里的土地、锅台上的灶君，是整个民族心中的文化之神，是充盈于天地之间数千年的民族之魂。我站在岱庙的城楼上，遥望夕阳中的泰山，默默地向她行着注目礼。

晋祠

　　出太原西南行五十里，有一座山名悬瓮。山上原有巨石，如瓮倒悬。山脚有泉水涌出，就是有名的晋水。在这山下水旁，参天古木中林立着百余座殿、堂、楼、阁，亭、台、桥、榭。绿水碧波绕回廊而鸣奏，红墙黄瓦随树影而闪烁，悠久的历史文物与优美的自然风景，浑然一体，这就是古晋名胜晋祠。

　　西周时，年幼的成王姬诵即位，一日与其弟姬虞在院中玩耍，随手拾起一片落地的桐叶，剪成玉圭形，说："把这个圭给你，封你为唐国诸侯。"天子无戏言，于是其弟长大后便来到当时的唐国，即现在的山西做了诸侯。《史记》称此为"剪桐封弟"。姬虞后来兴修水利，唐国人民安居乐业。后其子继位，因境内有晋水，便改唐国为晋国。人们缅怀姬虞的功绩，便在这悬瓮山下修一所祠堂来祀奉他，后人称为晋祠。

　　晋祠之美，在山美、树美、水美。

　　这里的山，巍巍的如一道屏障，长长的又如伸开的两臂，将这处秀丽的古迹拥在怀中。春日黄花满山，径幽而香远；秋来草木郁郁，天高而水清。无论何时拾级登山，探古洞，访亭阁，都情悦神爽。古祠设在这绵绵的苍山中，恰如淑女半遮琵琶，娇羞迷人。

这里的树，以古老苍劲见长。有两棵老树，一曰周柏，一曰唐槐。那周柏，树干劲直，树皮皱裂，冠顶挑着几根青青的疏枝，偃卧于石阶旁，宛如老者说古；那唐槐，腰粗三围，苍枝屈虬，老干上却发出一簇簇柔条，绿叶如盖，微风拂动，一派鹤发童颜的仙人风度。其余水边殿外的松、柏、槐、柳，无不显出沧桑几经的风骨，人游其间，总有一种缅古思昔的肃然之情。

也有造型奇特的，如圣母殿前的左扭柏，拔地而起，直冲云霄，它的树皮却一齐向左边拧去，一圈一圈，纹丝不乱，像地下旋起了一股烟，又似天上垂下了一根绳。其余有的偃如老妪负水，有的挺如壮士托天，不一而足。晋祠在古木的荫护下，显得分外幽静、典雅。

这里的水，多、清、静、柔。在园内信步，那里一泓深潭，这里一条小渠。桥下有河，亭中有井，路边有溪。石间有细流脉脉，如线如缕；林中有碧波闪闪，如锦如缎。这么多的水，又不知是从哪里冒出的，叮叮咚咚，只闻佩环齐鸣，却找不到一处泉眼，原来不是藏在殿下，就是隐于亭后。

更可爱的是水清得让人叫绝。无论多深的渠、潭、井，只要光线好，游鱼、碎石、丝纹可见。而水势又不大，清清的波，将长长的草蔓拉成一缕缕的丝，铺在河底，挂在岸边，合着那些金鱼、青苔、玉栏倒影，织成了一条条的大飘带，穿亭绕榭，冉冉不绝。当年李白至此，曾赞叹道："晋祠流水如碧玉""百尺清潭写翠娥"。你沿着水去赏那亭台楼阁，时常会发出这样的自问：怕这几百间建筑都是在水上漂着的吧！

然而，最美的还是祖先留给我们的文化遗产。这里保存着我国古建筑的"三绝"。

一是圣母殿。这是全祠的主殿，是为虞侯的母亲邑姜所修的。建于宋天圣年间，重修于宋崇宁元年（1102年）。殿外有一周围廊，是我国古建筑中现在能找到的最早实例。殿内宽七间，深六间，极宽敞，却无一根柱子，原来屋架全靠墙外回廊上的木柱支撑。廊柱略向内倾，四角高挑，形成飞檐。屋顶黄绿琉璃瓦相扣，远看飞阁流丹，气势雄伟。殿堂内宋代泥塑的圣母及四十二尊侍女，是我国现存宋塑中的珍品。她们或梳妆、洒扫，或奏乐、歌舞，形态各异，人物形体丰满俊俏，面貌清秀圆润，眼神专注，衣纹流畅，匠心之巧，绝非一般。

二是殿前柱上的木雕盘龙。这是我国现存最早的盘龙殿柱，雕于宋元祐二年（1087年）。八条龙各抱定一根大柱，怒目利爪，周身风从云生，一派生气。距今虽近千年，仍鳞片层层，须髯根根，不能不叫人叹服木质之好与工艺之精。

三是殿前的鱼沼飞梁。这是一个方形的荷花鱼沼，却在沼上架了一个十字形的飞梁，下由三十四根八角形的石柱支撑，桥面东西宽阔，南北翼如。桥边栏杆、望柱都形制奇特，人行桥上，随意左右，如泛舟水面，再加上鱼跃清波，荷红映日，真乐而忘归。这种突破一字桥形的十字飞梁，在我国现存的古建筑中是仅有的一例。

以圣母殿为主的建筑群还包括献殿、牌坊、钟鼓楼、金人台、水镜台等，都造型古朴优美，用工精巧。全祠除这组建筑，还有朝阳洞、三台阁、关帝庙、文昌宫、胜瀛楼、景清门等，都依山傍水，因势砌屋，或架于碧波之上，或藏于浓荫之中，糅造化与人工一体。

就是园中的许多小品，也极具匠心。比如这假山上本有一挂细泉垂下，而山下却立了一个汉白玉的石雕小和尚，光光的脑门，笑眯眯的眼神，双手齐肩，托着一个石碗，那水正注在碗中，又溅到脚下的潭里，却总不能满碗。和尚就这样，一天一天，傻呵呵地站着。

还有清清的小溪旁，突然跑来一只石雕大虎，两只前爪抓着水边的石块，引颈探腰，嘴唇刚好埋入水面，那气势好像要一吸百川。你顺着山脚，傍着水滨去寻吧。真让你访不胜访，虽几游而不能尽兴。历代文人墨客都看中了这个好地方，至今山径石壁、廊前石碑上，还留着不少名人题咏。有些词工句丽，书法精湛，更为湖光山色平添了许多风韵。

这晋祠从周唐叔虞到任立国后，自然又演过许多典故。当年李世民就从这里起兵反隋，得了天下。宋太宗赵光义，曾于太平兴国四年（979年）在这里消灭了北汉政权，从而结束了中国历史上五代十国的分裂局面。一九五九年陈毅游晋祠时兴叹道："周柏唐槐宋献殿，金元明清题咏遍。世民立碑颂统一，光义于此灭北汉。"

　　晋祠就是这样，以她优美的身躯来护着这些珍贵的历史文化。她，真不愧为我国锦绣河山中一颗璀璨的明珠。

永远的桂林

桂林山水实在是一个老而又老的题目，人们却总在不停地谈论，可见它的美丽不减，魅力无穷。因为人们还看不够，还没有把它弄明白，就要来欣赏，来探寻，并在探寻中获得美的享受。每年大约有一千万的人从世界各地到桂林来，就是为了看这里的山，这里的水，这里的石头。

这几样东西哪里没有？但这里就是与别处不一样，美得让人吃惊，美得让人心醉。文人墨客艺术化了的溢美之词且不去说，陈毅的题词倒是一句大实话："愿做桂林人，不愿做神仙。"一个外国元首看罢桂林后说："上帝用第一个七天造了亚当、夏娃，用第二个七天造了桂林，下一个七天真不知还要造什么。"

新年刚过有桂林之游，我们先是乘船顺漓江由桂林到阳朔，水面清浅，浅得让你不敢相信，坐在船上能看见水里的石头。因为水浅，不起波，水面就平得像一面镜子。这么浅的水，却能漂得动这条百十来人的船，也亏了这水的平静，船是平底用不着多吃水，就像一块木片似的，稳稳地漂。这首先就让你感到很亲切，既不野，也不险，据说从桂林到阳朔八十公里，落差只有三十八米。

江面上偶然漂过几个竹筏，是七根竹子扎成，筏上总有一位渔翁，横一根竹篙，携两只鱼鹰。远看去绿波埋脚，人好像直接踩在水面上，神话里的八仙过海、观音出水大概就是学的这个样子。这时两岸的山就在水边稀稀疏疏地排开来，山头没有北方那样尖的峰或顶，总成一个柔和的弧，从平地突然钻出，像圆圆的馒头，像立起的田螺，虽在冬季还是披满草树。

山，隔不远就一个，临水而立，随着水的弯弯千媚百态。这山并不高，一般也就四五十米，所以在船上什么都可以看个清楚。看山间的树，树间偶尔露出的红叶；看石头，石上的纹路，还有那些不知何时留下的摩崖题字。就像在城里的马路上闲走，看两边的高楼，谁家的阳台上晾着一件好看的衣服，谁家新漆了一扇窗户。

江水贴着山根轻轻地转，说轻是轻到不知是流还是不流，没有浪，没有波，甚至没有涟漪。其实这水是专来为山做镜子的，你看水里的倒影，一丝不差，是几何学上标准的对称体。船过杨家坪，有山名羊角，那水里也就真的浸着一只大羊角。随着水的左曲右折，每一个山头就可以一个一个前后左右地看，还可以镜外看了镜里看。山水向来是叫人豪迈、叫人昂扬洒脱的，今天却像一件工艺品直跳到你的手上，叫你赏，叫你玩。梳妆江畔立，顾影明镜里，为君来不易，叫您恣意看。辛弃疾词："我见青山多妩媚，料青山见我应如是。"这里山也不阳刚，水却更阴柔，秀得很，也嫩得很。在这里你是无论如何也吼不得一声，喊不得一句的。

过杨家坪不久，有半边渡。那是因为山一时向河边走得太近，将脚泡到了水里，人贴岸行走便断了路，还要搭几步船。说是渡船却又不来对岸，渡了半天却还在那一边继续走路。这时正有一帮小学生放学，像群羊羔撒欢，直颠得河中的树影乱颤。正当野渡无人舟自横，四五个小不点飞身上筏，一个稍大一点的就自觉殿后，竹篙一点，"呼哨"一声，红领巾便迎风燃起五六团火苗，眨眼就飘到了路那一端。河这岸有几个女子在浅水处的石头上捶衣，孩子在草窝里嬉戏，背后稍远处有农夫在耕地。

因是冬末，没有常见的漓江烟雨，平林漠漠，景色清明。岸边不时闪过一丛丛的凤尾竹，竹后是农家袅袅的炊烟。往前方眺望，群峰起伏，如一队行进的骆驼，隐约驼铃在耳。回首来处，水天迷茫，山峰相连相叠，如长城的垛口，回环不绝。站在船上，我不时冒出这样的念头，这是真山真水吗？

在北方，人行山里几天几夜出不去，不知道要钻多少一线天、扁担峡；车行山里，跃上峰巅，倒海翻江。而这山水却奇巧如盆景，美丽如童话。说是盆景，却是真的山水、树木；说是童话，我们又真真切切地置身其内。事物每当真假难分时，就像水墨画洇润出一种迷蒙的美，像无题诗传达着一种说不清的意，像舞台上反串后的角色透出一种新鲜与活泼。这是我初读桂林的印象。

上岸之后我们乘车从旱路往回返，这时没有了水光掩映，却又多了满野的绿风。路边的小山一个个兀立平野，近看像一座座圆头碉堡，像一个个麦垛。山不高，满头都披着茸茸的草树，恨不能停车伸手去摸摸它，或者一头扎进草堆，重做一场儿时的美梦。

同车的一位青年朋友说："原来世上真有这样的山。小时候认识了象形的'山'字，总也找不到想象中的山，今天才算解了这个谜。"大家都哈哈大笑。这些"麦垛"大大小小地交错着，淡出淡入，绿枝蒙蒙，像一团团春风刚梳妆过的杨柳，远到天边就只剩下一痕痕绿色的曲线。我们是专门驱车去看月亮洞的，那实际上是远处的一座山峰，中穿一洞，这洞又被前面的山所遮掩。车子前行就渐渐看到一眉弯月，月亮由亏到圆，灿若小姑娘的笑脸，再行又渐为轻云所遮，如月食之变。那年时任美国总统的尼克松来游，大声叫绝，非要上山去探个究竟。这本是苏州园林中惯用的"移步换景法"，不想大自然却早有创造在这里等着。

第二天我们又在城里看了一天山。城里看山，这本身就是一个新鲜话题。都市里怎么能有山？有也只能是公园里的假山。那年我在昆明登龙门，看到城近郊有那样的真山已是大吃一惊，不想这桂林却有几十个大大小小的山头直跑到城里的马路边，钻到机关的院子里，蹲到人家楼前的窗户下，或者就拦在十字路口看人来人往。孤山、穿山、象山、叠彩山、骆驼山、独秀峰，就这样真真切切地和人厮混在一起，桂林人每天上班下班，车水马龙绕山走，假日里则摩肩接踵，在山坡上滚，山肚子里钻，相处久了连山也都有了灵气。

最有名的是象鼻山，城边水旁一个四脚稳立的大象，长长的

鼻子直伸到水里，水下又有一个同样的象。骆驼峰，就是一峰蹒
跚西行的长毛驼，连背上的两个驼峰、前伸的鼻子和旅途劳顿的
神态都惟妙惟肖，人说这是世界上最大的骆驼。这些山大都被改
造成公园，真山真水，当然比景山、颐和园要好看得多。

　　桂林的山中皆有洞，洞大不可言。我只上到穿山的一个洞里，
传说这是伏波将军一箭射穿的。洞内可坐数百人，有石桌石凳，
夏天退了休的老人就在这里下棋、打牌，做神仙。这洞的上面又
还有同样的一层。

　　除了上山看洞，还可入地看洞。资格最老的当然是芦笛岩。
在这个地下龙宫里，竟都是些石笋、石柱，石的瓜、果、桃、李，
石的狮、虎、猴、龟。有的奇石，任怎样高明的大师也雕绘不
出这样惊天地的杰作。我奇怪这里大至山，小至石，怎么都如
此逼近生命，凝聚着活力。桂林这块地方真是从山水到草木，
从天上到地下，让灵气蹿了个遍，浸了个透。人杰者，百代出
一；地灵者，万里难觅。今独此地，除了上天的垂青，鬼斧神工，
又能作何解呢？

　　不知为什么在桂林我总要想起苏州，它们分别是从自然和人
工的两头去逼近美，都是想把这两头拉过来挽成一朵美丽的花。
人不但喜美食、美衣，还讲究择美而居。一种办法是选一块极富
自然美的地方安营扎寨，这就是桂林。另一个办法是把自己居住
的地方尽量打扮得靠近自然，这就是苏州。

　　人类本来开始像小鸟恋窝一样依偎着自然，向往自然，古代
有多少僧道隐者为享松竹之乐而逃离都市。但是随着人力的强大，

人类又开始排斥自然，他们建起了现代的都市，用钢筋、水泥、玻璃、铝合金重垒了一个新窝，但同时也就开始接受应有的惩罚。而我们在桂林却找到了一个答案，像桂林山水一样珍贵的是桂林人与自然相契合的精神，像桂林山水一样令人羡慕的是桂林人的生存环境，他们在尽情实现人的价值的同时，既不是如僧看庙般的媚就自然，也不是如上海、广州那样赶走自然，而是在自然的怀抱里把现代文明发挥得恰到好处，把自然的美留到极限，让人对自然永存一分纯真、一分童心，人与自然相亲相融。

我才理解到陈毅所说，愿做桂林人，不愿做神仙。神仙虽好，没有烟火。桂林是一个有烟火的仙境，一个真山真水的盆景，一个成年人的童心梦。

苏州园林

我到苏州，是特地为她的园林而来的。在一条很小的弄里，我找见了网师园，这是苏州最小的园子，占地只有八亩。园子入口处很窄，四周有山、水、石、桥、花、木。园中心处有一屋，名"竹外一枝轩"，这个名字初读来令人不解，细想才知是据苏东坡诗意："江头千树春欲暗，竹外一枝斜更好。"果然，轩面一池水，水边有斜依的松柏，袅袅的垂柳，而穿过柳荫在波光水色中闪现出亭台、桥榭。景是错落的，甚至斜乱的，但这正是整齐美之外的更深一层的美，造园者与诗人的心是相通的，他们用人力来提炼自然美的精华，这是艺术。

和网师园相比，拙政园算是苏州最大的园子了，据说是《红楼梦》大观园的原型，但她并没有因为大而失去精。园中有楼曰"见山楼"，但对面只是很宽阔的水，隔岸又是若许亭、轩、阁，一起埋在绿树丛中，哪里有什么山？可是当你再凭栏品味时，会突然想起陆游的诗："疏沟分北涧，翦木见南山。"谁敢说剪掉林木之后，那边没有山呢？想见的山比看见的更好看，更有味，这真是含蓄到极致了。

其余还有许多亭、堂，如"看松读画轩""风到月来亭""留听阁"等，都画龙点睛，景外有意，让你身在其中，又不得不神思其外。城中的园林不比大自然中的山水，她只有在有限的条件下，向精美、凝练、含蓄中去求艺术，像一首律诗。这样"园"有尽而意无穷，而在这里，艺术的表现手段又不像诗一样靠字、词，却是靠山石、花木、砖瓦。难得的是这些无声之物，竟有神有韵地构成了一个美的境界。当你在这些园子里悠游时，那实际上是在翻一部唐诗，或一本宋词了。

如果说在网师园、拙政园里得到的是诗情，那么在留园里得到的便是画意了。这个园子多回廊，亭堂又多窗，匠心之意是让你尽量透过廊、窗取景，抬眼时便是一幅画图。窗外常是粉墙，窗与墙之间或植竹数竿，或插梅一枝，墙为纸，物为墨，随风摇曳，影布墙上，且天生的艳红翠绿，这是任何丹青高手所不能企及的。这还不止，窗户又都是各种图案的花格子，透过窗子看景时别有一种隐约的效果与气氛，是朦胧的美。还有一奇趣，当游人在廊中走动时，从不同的角度望去，又会是一幅不同的画面，叫"移步换景"，真可谓将我们视觉的潜力挖绝了。

园中除画之外，还有雕塑，这便要说到石了。有一块"鹰石"突兀耸立，浑身高高低低，洞洞眼眼，石顶部极似一只老鹰腾空，长颈内弯，两爪伸张，双目炯炯，大约发现了地上有一只雏鸡，正鼓翅欲下。我站在石旁注视良久，越看越像，越想越像。觉得那鹰神从石出，气从石来，活了！但我岂不知，这是太湖里随便捞上来的一块石头。苏州园林的艺术就体现在不以墨为图，不以斧凿去雕塑，尽量利用自然之美，专取似与不似之间，匠心之意只是撩拨起你的遐想，引而不发，藏而不露。中国画中本有写意的一派，那是比工笔更含蓄、更有味的。

留园中还有两块石头叫人难忘。一曰"冠云峰"，高6.5米，重5吨，是宋时运"花石纲"落入太湖中，清朝官僚刘蓉峰造园时又捞得的，这是苏州园林中最大的一块了。其旁还有一块石"岫云峰"，傍有一些紫藤出地，分为两股，穿石间小孔而上，到石巅后又绞作一团，浓荫蔽覆。藤道劲而叶蒙缀，至少已逾百年。在苏州园林中，空间自不必说了，就连时间这个因素也被纳入造林艺术之中了。有人工制造的错落的美，有历史铸就的古邈幽远的美。我们平时谈画，那是些平面的颜色，我们游历山水，那是些自然的原形。而现在，我们看到的却是窗框里的翠竹，水池中的山石，这是自然物与纸上画的过渡，是自然美与艺术美的融合，别有一种角度，另是一番享受。

别于宅地花园的是沧浪亭。园中有山，环山有河，水面开阔。这本是宋庆历年间，诗人苏舜钦为官失意后隐居之所。他在这里造了亭，还写了《记》，歌咏其自在之情："觞而浩歌，踞而仰啸，野老不至，鱼鸟共乐。"亭上有楹联："清风明月本无价，近水远山皆有情。"登亭而望，绿荫之外空水茫茫，尘嚣不闻，市井不见，闲矣，静矣。这里不比城里那几处园子，那是主人正官运亨通之时闲玩游赏之地，这里是文人失意官场后抒发悲凉、宣泄积愤的所在。其意境是李白的《春夜宴桃李园序》，是王维的《山中与裴秀才迪书》，是陶渊明的《桃花源记》，游这种园子，得到的是一种恬淡闲逸的美。这就不只是诗与画的陶醉，而是在冷静地披览历史了。她使人不由忆想起我们民族悠久的文化，和历史上曾相继登场的各种思想与人物。

在苏州看园林，实在是在读一本立体的书。本来通过建筑这面镜子，我们一样可窥见当时社会的政治、经济与文化，不过这种窥视与探讨却是充满了艺术的乐趣。这在国外已经专门兴起了一门"艺术社会学"。苏州的园林建筑艺术则完全称得起这门学科的一个分支，我想现在我们继承自己民族的文化遗产，不仅要去钻图书馆、考察文物、看古装戏，还应该到这样的城市里来走一走、想一想。

建筑是凝固的音乐，在这些秀美的园林里随时都飘荡着几世纪前的音符，一碰到我们的心弦，便会响起历史的鸣奏，在我们心灵的空谷中久久回荡。我又想，我们现在欣赏这浸透了古典文化艺术之汁的苏州城，还不应该忘记，怎样去为我们的后代创造一座同样饱储着当代文化艺术的城市。

张家界读山

四月二十九日　长沙——张家界

上午六时从长沙出发，中午在常德吃饭，晚上到张家界。这
是十年前才开发出来的风景区。夜宿金鞭岩宾馆，暮色微合，三
面环山，房前略有一片开阔地。

四月三十日　张家界——黄石寨

晨八时，车出发到龙门，开始登山。今天看的景点是黄石寨。
进山即在谷中行走，谷底铺有青石板路，倒不很费力，只是走得
脚底又硬又疼。最可贵的是，这石板路全部藏在密密的冷杉林中，
我从未见过这样好这样多的冷杉群落。在路边休息，无论你向左
右看，还是向上看，只有密扎扎的直溜溜的树干，就像谁将无数
根筷子插在这里。而杉树顶上枝叶茂密，将阳光遮挡得严严实实。

我们就在这样一个阴凉湿润、绿风满谷浸衣袖的环境里一步步地登山。

这时其实是看不见什么山的，只有树，只有绿，甚至树也看不清的，只是密密的树干，像在八卦阵中行走。绿，更多的是一种氛围、一种蕴积、一种感觉。张家界是国家森林公园，这大概就是它本身的含意。

渐登渐高，终于扭过几个"之"字升到半山。这时从树的顶梢和空隙中看到了山峰。天啊！哪里是山，简直是一件人工艺术作品。但艺术品哪有这么大，这样高，什么人又能造得出来呢？当地人和导游总是要附会出许多人性化的故事，其实张家界的好处就是人迹绝少。天下名山佛占尽，一般的山，特别是好山，总少不了庙的，而这方圆百里竟无一座庙，只此一点就证明它是自然的山水，并没有人为的濡染。陪同的人是张家界报社的小卓，我问这里有没有庙，她说："哪有庙？有土匪。"说得极妙。湘西曾是有名的土匪窝。

当走到南天门时，迎面是几座独立的山峰。你说像石笋、石塔或者棒槌都行。难以理解，山怎么像树一样是从沟底里长出来的呢？在黄土高原上，我们见过那些被洪水切割的沟壑和凑巧留下的土柱、土笋，这好理解，我眼睁睁地见过水是怎样切割、冲击土块和泥沙的。但这里是石头啊。

张家界的美，就在它的山峰是各自独立、千姿百态的石峰。待登上山腰，钻出杉树林后，你就可以移步换景，一步一步地欣赏了。它所表现的，主要是伟岸、挺拔、奇险，以瘦硬、孤傲、冷峭偏多，偶有片状的，就很薄，侧看轻轻如纸，好像手指一弹就可弹出一个洞。这是几亿年洪水对沙石岩的漫漫冲洗造成的。

山石不像北方的太行山，是竖纹、壁立，而是横纹。所以有的峰岩简直是一摞叠着的纸牌，或是一摞叠着的铜钱。这叠摞当然是很随意的，像赌局刚散，人去牌留，随手将牌码在那里。这是从来没见过的景。随着登高，我总在想，这山是怎么造出来的。说是南天门，其实哪有门，是一座天然的石拱。我们门下小憩，面对山下一片石笋，笋上点缀着青松，百思不得其解。

登到石寨的最高处看山，群峰朝宗，这时你再看就很清楚了。一条莽莽苍苍的大壑，壑沟中许多山峰如驼群赶路，昂起它们的头；又如帆船出海，于烟雾缭绕中挂满了帆，逶迤而来。这山不管是半腰着树，也不管它状似塔、似柱、似笋，它们的峰顶基本在一条水平线上，像一座没有造完的桥留下的桥墩。

想当年，这里是一片石头，广袤千里，如现在的戈壁沙滩、黄土高原。洪水就这样鼓起潮，推起浪，如锯拉刀砍，斧削锉磨，日夜不停地加工，终于寻见一条细缝，然后一个浪头钻进去，轰然一声，啃下一块石头，就这样浩浩荡荡、轰轰烈烈地造山。现在黄河的壶口瀑布不就是这样形成的吗？

登张家界，你首先感受到的是自然的伟力。但在这样的大破坏、大再造之后，生命又立即去占领它。便是最高处，迎风的硬石头上也能长出青松来。山顶有一株株探出崖外的卷松，人们争着去照相。背景是万山如画，峰立如壁，这时你又感到生命对自然的征服或是自然对生命的孕育，这是一首自然界中自然力与生命力的交响曲。

五月一日　张家界——天子山

今天登天子山。

因为昨天登黄石寨，上山八里，下山七里，又走了十二里的金鞭溪，一早起来，所有的人都腿疼腰僵得难以挪步。但是对大部分人来讲，来张家界也许此生就这一次，所以众人还是鼓劲再登高峰。

天子山在登山途中没有什么好看的，直到登上山顶之后，才看到群峰隐现于雾霭霞光之中，千变万化，极为壮观。下山后走十里沟壑，群峰如画，名"十里画廊"。惜路被洪水冲断，满沟卵石，留神脚下，常要分心。我又一次看到了，山就是这样被水冲造成的。山水、山水，现在看到的无水之山，其实是许多年前水的加工；有水之山，则是水正在对山进行加工。不知万年之后张家界的山又会是什么样子。

五月二日　张家界——黄龙洞

上午看黄龙洞。

因为在国内看过很多的溶洞，开始我真觉此洞意思不大，进去后才深感有必要一看。最大的特点是大。洞之高大，不可测，要用船进入。机船开十五分钟进去，然后步行爬坡，七上八下，不知何往。

最奇的是中央大厅有无数石笋，有一根细如银针，快要长到洞顶。而顶上有两处，如天花板漏水，洒下细细的瀑布，可见有河就在我们的头上经过。本来连爬了两天的山，已经累得谈山色变，今天主人说是再不会让大家爬山的，未想却在洞里爬上爬下。我们说这是明爬变成了暗爬。没有想到，水在外面造山，形成河，又到地下穿行，再切出洞内的山。洞里河山，风光无限。洞中有一巨石，形如手，呈"八"字状，据说这洞形成已有八亿年。

在张家界我们读的是自然，读到了什么呢？是自然力——水、风、雷电与火，是生命之力——林木、草苔、动物与人，还有无尽的时间，它们合作完成了一幅杰作。现代派的画家，先是用线条、颜料来表现思想，后来不能满足在平面上施展，就用木刻，用石雕，用铜塑，去占领空间。当艺术家正这样一步步探索时，不知道大自然已经在这里创作了八亿年，而且用的原料是如此之多，空间是如此之大。

与其说我们从平地进洞，还不如说是到洞里去看山。因为我们下到洞底时，又开始绕着石笋、石柱上上下下地爬山了。当我面对六米高的"神针"石柱，看着天花板上簌簌而下的雨丝瀑布时，我想到了雁荡山的大小龙湫、庐山瀑布。在地上水聚水散，水流水渗，本是极自然的，但想不到这水竟偷偷地溜进地下来，竟又造出这样大的一个世界。自然艺术伸到地壳里来，从从容容地进行着它的创作。这有点像鼻烟壶的画家，不满足于在壶的玻璃外作画，到壶里面去反手用笔作画，别出一种效果。

世上没有神仙，可是我们要求解这自然之谜，只能先假设一个神仙。正像解方程式先假设一个 X 一样，到现在这个方程也还在求解的过程中。我们只能说是鬼斧神工、神仙之手。地球是神仙手里绣着的一个绣球，他一针一线地绣；又如雕琢的一个烟斗，一刀一刀地刻。我们看人工的艺术品，比如云冈石窟，造了四十年，乐山大佛造了九十年，惊异于那一代人、两代人、几十代人的功力。但比起这件八亿年的艺术品，人们怎么能不惊羡自然的耐心与执着呢？达摩修道面壁八年，不知他于沉沉黑暗中怎样寻觅一线光明。一切有志于悟道的艺术家，都可以在这里得到启发。

五月三日　张家界——天子峰

今天登上天子山峰顶后看山，群峰簇拥，如士兵列队。岩壁，线与面相互变幻，如油画、国画两种画法并用。群峰尽情地舒展开去，于云雾光影之中。忽一石之突，如油画之甩出一块颜料；那云烟缭绕，又如写意国画的随意一抹了。真感叹于人力的微小、笨拙。

山是要当作画来读的。要是把山局限于像什么，就如外行看画，说"画得很像"便觉是好。我在南天门，正欣赏那一柱天南时，一回头，后面之山似一幅美女出浴图，侧坐水边，低头抚水。

急往前走几步，又不像了。像与不像全在你的联想，能调动起你平常储存的艺术形象，这便是审美，便是自然这位作者与你这个读者的交流。

　　不识古文不能读唐宋，没有艺术修养的人不能读山水，或者读不深，读不出味。这就是为什么这里祖祖辈辈居住着山民，却非要等到让外面的人来发现这山水，特别是要让艺术家来发现，让黄永玉、陈复礼来发现。他们是能够读懂山的人。我在写泰山时说，许多读懂泰山的人，感受到它的浩然之气，下山后成就了他们的大业。这张家界每天约有二十万人上山，有没有下山后成其文业、艺业、政业的呢？沿途我就看见四五个持速写本，于路边挥汗读山的人。

壶口瀑布

　　壶口在晋、陕两省交界上，我曾两次到过那里。

　　第一次是雨季，临出发时有人告诫："这个时节看壶口最危险，千万不要到河滩里去，赶巧上游下雨，一个洪峰下来，根本来不及上岸。"果然，车还在半山腰，就听见涛声隐隐如雷，河谷里雾气弥漫，我们大着胆子下到滩里，那河就像一锅正沸着的水。

　　壶口瀑布不是从高处落下，让人们仰观垂空的水幕，而是由平地向更低的沟里跃去，人们只能俯视被急急吸去的水流。其时，正是雨季，那沟已被灌得浪沫横溢，但上面的水还是一股劲地冲进去，冲进去……我在雾中想寻找想象中的飞瀑，但水浸沟岸，雾罩乱石，除了扑面而来的水汽，震耳欲聋的涛声，什么也看不见，什么也听不见，只有一个可怕的警觉：突然就要出现一个洪峰将我们吞没。于是，急慌慌地扫了几眼，我便匆匆逃离，到了岸上回望那团白烟，心还在不住地跳……

　　第二次我专选了个枯水季节。春寒刚过，山还未青，谷底显得异常开阔。我们从从容容地下到沟底，这时的黄河像是一张极大的石床，上面铺了一层软软的细沙，踏上去坚实而又松软。我一直走到河心，原来河心还有一条河，是突然凹下去的一条深沟，当地人叫"龙槽"，槽头入水处深不可测，这便是"壶口"。

我倚在一块大石头上向上游看去，这龙槽顶着宽宽的河面，正好形成一个"丁"字。河水从五百米宽的河道上排排涌来，其势如千军万马，互相挤着、撞着，推推搡搡，前呼后拥，撞向石壁，排排黄浪霎时碎成堆堆白雪。山是清冷的灰，天是寂寂的蓝，宇宙间仿佛只有这水的存在。当河水正这般畅畅快快地驰骋着时，突然脚下出现一条四十多米宽的深沟，它们还来不及想一下，便一齐跌了进去，更涌、更挤、更急，沟底飞转着一个个漩涡。当地人说，曾有一头黑猪掉进去，再漂上来时，浑身的毛竟被拔得一根不剩，我听了不觉打了个寒噤。

黄河在这里由宽而窄，由高到低，只见那平坦如席的大水，像是被一个无形的大洞吸着，顿然拢成一束，向龙槽里隆隆冲去，先跌在石上，翻个身再跌下去，三跌、四跌，一川大水硬是这样被跌得粉碎，碎成点，碎成雾。从沟底升起一道彩虹，横跨龙槽，穿过雾霭，消失在远山青色的背景中。

当然，这么窄的壶口一时容不下这么多的水，于是洪流便向两边涌去，沿着龙槽的边沿轰然而下，平平的，大大的，浑厚庄重如一卷飞毯从空抖落。不，简直如一卷钢板出轧，的确有那种凝重，那种猛烈。尽管这样，壶口还是不能尽收这一川黄浪，于是又有一些各自夺路而走的，乘隙而进的，折返迂回的，它们在龙槽两边的滩壁上散开来，或钻石觅缝，汩汩如泉；或淌过石板，潺潺成溪；或被夹在石间，哀哀打旋。还有那顺壁挂下的，亮晶晶的如丝如缕……而这一切都隐在湿漉漉的水雾中，罩在七色彩虹中，像一曲交响乐，一幅写意画。我突然陷入沉思，眼前这个小小的壶口，怎么一下子集纳了海、河、瀑、泉、雾，所有水的形态；兼容了喜、怒、哀、怨、愁，人的各种情感？造物者难道是要在这壶口中浓缩一个世界吗？

　　看罢水，我再细观脚下的石。这些如钢似铁的顽物竟被水凿得窟窟窍窍，如蜂窝杂陈，更有一些地方被旋出一个个光溜溜的大坑，而整个龙槽就是这样被水齐齐地切下去，切出一道深沟。人常以柔情比水，但至柔至软的水一旦被压迫，竟会这样怒不可遏。原来这柔和之中只有宽厚绝无软弱，当她忍耐到一定程度时就会以力相较，奋力抗争。据《元和郡县图志》中所载，当年壶口的位置还在这下游一千五百米处。你看日夜不止，这柔和的水硬将铁硬的石寸寸地剁去。

　　黄河博大宽厚，柔中有刚；挟而不服，压而不弯；不平则呼，遇强则抗；死地必生，勇往直前。像一个人，经了许多磨难便有了自己的个性，黄河被两岸的山、地下的石逼得忽上忽下、忽左忽右时，也就铸成了自己伟大的性格。这伟大只在冲过壶口的一刹那才闪现出来，被我们看见。

古城平遥记

听说山西平遥将被定为历史文化名城，我特意去采访。

平遥，北魏时即设县治，名曰平陶，后避魏太武帝拓跋焘讳，改为平遥，至今已一千四百多年。其为文化古城，理由有三：一是至今还有一座保存完好的古代城墙；二是城内还有许多古香古色的店铺和一些古老的手工业工艺；三是近郊有一座艺术价值极高的古寺。在今天，还有这么一个古代细胞，确属不易。

先说那城，铁钉大门，锯形女墙，长长的护城河，一如我们从古画上看到的那样。县志载，周宣王时，大将尹吉甫北伐猃狁，在这里驻兵，首筑长城。待做了县治后，历代又不断增修，现存城池是明洪武三年（1370年）扩建后留下的，城墙高三丈二，宽一丈五，周长约十二里，还基本完好。这是全国两千多个县中罕见的一例。

城墙上共修有七十二个戍楼，我从那喧嚣的大都市走来，弃车登城，一下子就像回到了古代社会。戍楼上仿佛军旗猎猎，刁斗声声。极目城郊，平畴绿野，阡陌相连。俯视城内，高脊瓦房鳞次栉比，店铺纵横，摊贩沿街，似闻叫卖之声。闭锁性是封建社会的特点，你沿城墙而行，就会发现这城严实得像一个铁桶。过去一般县城只有四门，而这平遥城却有六门。这是因为，当年这里商业已很发达，南来北往的商人，进城出城的农民，终日络绎不绝，因此东西城墙又各增一门。当地人说这城是一只乌龟。你看，南门是头，北门是尾，东西四门是四条腿。说也巧，南门外又恰有一条叫柳根的河擦城而过。从上往下看，这整座城确实像一个正在吸水的乌龟。

奇怪的是，每座城门瓮城的内外门本应该是垂直一线的，而唯东北一门却偏偏斜了。门外有条路，蜿蜒如蛇状。当地人说，路去十五里，近处有一寺，寺内有一塔，名麓台塔，那实则是一根木桩，龟的一条腿是系在这桩上的，所以这城门是斜的，不然这龟早跑到河里去了。我们听着都笑了，倒也有点道理。

下得城墙，细游市井，更见古味。街极窄，仅容一马车，两旁一律为店铺。我随便走进一家布店，这里没有现代商店的玻璃柜台，全是红木柜面，已磨得油光。缘墙小格货架，室内光线有些暗，却浮着一种异样的味道，正是"古香"。店铺外的每根椽头上，原本是一律雕有龙头的，大都作为"四旧"被破除了，幸有少数还在，看那雕工是极精细的。县委的同志说，不久将全部修复。街上许多行业的店铺都以"古陶"命名，更见古色。

这些房子中还有一种可看的，就是"票号"旧址。票号便是今日的银行。据说中国最早的票号是发源于平遥和邻近的太古县，平遥人过去在外经商的极多，赚了钱，要往家里送，很不安全，还要雇保镖，于是便生出这票号，专管兑取银钱。我看了一处叫"日升昌"的票号旧址，五进深院层层有门，俨然金库重地。如今是县里一处机关在此办公，不久将腾出来，好专供人考察游览。

平遥还有两样够得上古的名产：一是牛肉。我在孩童时便知这是极稀有的珍肴，曾偶得试尝，几十年来常常回味。据说其牛在杀前先灌饱花椒水，牛肉先用当地产的一种硝盐生腌七天，然后再煮，并不加任何作料。多少年来，人们用现代的手段分析，易地易法试制，终不得其味，因此至今还是一绝。

另一种是漆器，其历史可追溯到唐代，现在还可找到明代的原作。它一律选上好的椴木制成，猪血砖灰抹缝，再涂以中国老漆，共四遍。每遍涂后都要用细砂纸蘸水，细细打磨，最后一遍，则要用手掌蘸麻油用力推磨，所以叫"平遥推光漆"，制成后平光如镜。

更绝的是，这种家具不避水火，一壶开水浇上去不起皮，火红的烟头放上去不留痕。据说，某次国外捞得一古代沉船，船上其他物件早已被海水浸泡得面目全非，唯有一个小炕桌，拭去泥沙，光彩照人。翻过桌底，却有"平遥"二字。

漆器设计师薛生金同志十六岁拜师学艺，现在已是这种绝技的专家，他领我看了漆器厂的产品陈列室。这里有桌、柜、几、凳、屏，凡生活中各式家具应有尽有。妙的是，这些家具虽千姿百态，却总不脱一种统一的韵味——古色。比如这电视柜，本是现代有了电视机之后才为它设计的，但它色调深沉，腿脚处又微现出弧度，再饰以云纹，谁说不古？更奇的是描金彩绘，有花、草、鸟、兽和全套古典小说人物。这画是一种特别的入漆颜料，既有油画的明暗调子，又有国画的精确线条，别是一种艺术，平遥推光漆已名扬海外，出口是不需检验的。

　　出城去，近郊还有宋、元、明、清古迹共七十六处，而以佛寺最多。我国历史上崇尚佛教的北魏政权曾在山西建都，留下了以云冈石窟为首的一大批佛教艺术。在平遥郊外也有一座名寺叫"双林"，建于北魏，重修于明，取释迦牟尼圆寂之地各有双木之意。寺内建筑倒也平平，却保存了大量极有艺术价值的悬塑、彩塑。整套的佛祖故事都是用泥塑出来，探出墙壁，悬在空中。所以有人说，连环画应是我国首创。

　　被专家们评为艺术价值最高的是十八尊泥塑罗汉，这些佛国里的神，竟与地上的人是相通的。有一尊名哑罗汉，有口不能言，目眦裂，脸通红，一副急迫之状。其余的笑罗汉，面如春风；醉罗汉，两眼惺忪；病罗汉，形容枯槁。人创造了神，看来神还是脱不了人。宗教是内容，艺术是手段，那内容现在对多数人来讲，已晦涩难懂，而这手段自身倒让人探究无穷。这里中外游人日益增多，内有不少是专为艺术而来的。

　　晚上宿在县委招待所里，这招待所竟也是一件古董。当年大概是一家有钱人的深宅。正房一溜五孔大窑洞，窑上有楼。两侧厢也是五窑五房，成三合大院。东西北角有雕栏玉阶曲折上下。上面大约原是小姐的闺房。据说这样的古宅在城中还所存甚多。晚饭后，我在院中散步，两旁中国式的高屋脊在苍茫暮色中庞然耸立，使我觉得正处在一座幽谷之中。这时明月东升，又将这一片古色罩上了一层朦胧。四周极静，远近隐隐传来三两声火车的笛鸣，叫人知道这不是魏晋。

西北三绿

古曲有《阳关三叠》，如怨如诉，叙西北之荒凉，写旅人之悲怆。今天，当我也做西北之行时，却感到别有一番生机，即兴所记，而成"西北三绿"。

刘家峡绿波

当我乘交通艇，一进入黄河上游的刘家峡水库时，便立即倾倒于她的绿了。这里的景色和我此时的心情，是在西北各处和黄河中下游各段从来没有过的。

一条大坝拦腰一截，黄河便膨胀了，宽了，深了，而且性格也变得沉静了。那本是夹泥带沙，色灰且黄的河水；那本是在山间湍流，或在垣上漫溢的河床，这时却突然变成了一汪百多平方公里的碧波。我立即想起朱自清写梅雨潭的那篇《绿》来。他说："那醉人的绿呀，仿佛一张极大极大的荷叶铺着……"我真没有想到，这以"黄"而闻名于世的大河，也会变成一张绿荷叶的。水面是极广的。向前，看不到她的源头；向后，望不尽她的去处。我挺身船头，真不知该做怎样的遐想。朱自清说，西湖的绿波太明，秦淮河的绿波太暗，梅雨潭的特点是她的鲜润。

　　而这刘家峡呢？我说她绿得深沉，绿得固执。沉沉的，看不到河底，而且几尺深以下就都看不进去，反正下面都是绿。我们平时看惯了纸上、墙上的绿色，那是薄薄的一层，只有一笔或一刷的功底。我们看惯了树木的绿色，那也只不过是一叶、一团或一片的绿意。而这是深深的一库啊，这偌多的绿，可供多少笔来蘸抹呢？她飞化开来，不知会把世界打扮成什么样子。

　　大湖是极静的，整个水面只有些微的波，像一面正在晃动的镜子，又像一块正在抖动的绿绸，没有浪的花，涛的声。船头上那白色的浪点刚被激起，便又倏地落入水中，融进绿波；船尾那条深深的水沟，刚被犁开，随即又悄然拢合，平滑无痕。好固执的绿啊。我疑这水确是与别处不同的，好像更稠些，分子结构更紧些，要不怎会有这样的性格？

　　这个大潮是长的，约有六十五公里，却不算宽，一般处只有二三公里吧，总还不脱河的原貌。一路走着，我俯身在船舷，平视着这如镜的湖面，看着潮中山的倒影，一种美的享受涌上心头。

　　山是拔水而出的，更确切点，是水漫到半山的。因此，那些石山，像柱，像笋，像屏，插列两岸，有的地方陡立的石壁，则是竖在水中的一堵高墙。因为水的深绿，那倒影也不像在别处那样单薄与轻飘，而是一溜庄重的轮廓，使人想起夕阳中的古城。在这样的地方，这样的时刻，即使游人也不敢像在一般风景区那样轻慢，那样嬉戏，那样喊叫。人们偏在舷边，远望两岸或凝视湖面。这新奇的绿景，最易惹人在享受之外思考。

我知道，这水面的高度竟是海拔一千七百多米。李白诗云："黄河之水天上来。"那么，这个库就是一个人们在半空中接住天水而造的湖，也就是说，我们现时正坐看半空水上游呢。我国幅员辽阔，人工的库、湖何止万千，刘家峡水库无论从高度、从规模，都是首屈一指的。当年郭沫若游此曾赋词叹道："成绩辉煌，叹人力真伟大。回忆处，新安鸭绿，都成次亚。"

那黄河本是在西北高原上横行惯了的，她从天上飞来，一下子被锁在这里。她只有等待，在等待中渐渐驯顺，她沉落了身上的泥沙，积蓄着力量，磨炼着性格，增加着修养，而贮就了这汪沉沉的绿。她是河，但是被人们锁起来的河；她是海，但是人工的海。她再没有河流那样的轻俏，也没有大海那样的放荡。她已是人化了的水泊，满贮着人的意志，寄托着人们改造自然的理想。她已不是一般的山洼绿水，而是一池生命的乳浆，所以才这样固执，这样深沉，才有这样的性格。

船在库内航行，不时见两边的山坡上掉下一根根的粗管子，像巨龙吸水，头一直埋在湖里，那是正修着的扬水工程。不久，这绿水将越过高山，去灌溉戈壁，去滋润沙漠。

当我弃舟登岸，立身坝顶时，库外却是另一种景象。一排有九层楼高的电厂厂房，倚着大坝横骑在水头上。那本是静如处子的绿水，从这厂房里出来后，瞬即成为一股急喷狂涌的雪浪，冲着、撞着向山下奔去，她被解放了，她完成任务了，她刚才在那厂房里已将自己内涵的力转化为电。大坝外，铁塔上的高压线正向山那边穿去，像许多一齐射出的箭。她带着热能，东至关中平原，西到青海高原，北至腾格里沙漠，南到陇南。这里的工作人员说，他们每年要发五十六亿度电，往天水方向就要送去十六亿度，相当于节煤一百二十万吨呢。我环视四周，发现大坝两岸山上的新树已经吐出一层茸茸的绿意，无数喷水龙头正在左右旋转着将水雾洒向它们。是水发出了电，电又提起水来滋润这些绿色生命。

　　这沉沉的绿水啊，在半空中做着长久的聚积，原来是为了孕育这一瞬间的转化，是为了获得这爆发的力。现在刘家峡的上游又要建十一个这样大的水库了，将要再出现十一层绿色的阶梯。黄河啊，你快绿了，你将会"碧波绿水从天来，奔流到海不复回"。刘家峡啊，你这一湖绿色会染绿西北，染绿全国的。我默默地祝贺着你。

　　天池绿雪

　　雪，自然不会是绿的，但是它能幻化出无穷的绿。我一到天池，便得了这个诗意。

　　在新疆广袤的大地上旅行，随处可以看见终年积雪的天山高峰。到天池去，便向着那个白色的极顶。车子溯沟而上，未见池，发现地中流下来的水，成一条河。因山极高，又峰回沟转，这河早成了一条缠绵无绝的白练，纷纷扬扬，时而垂下绝壁，时而绕过绿树。山是石山，沟里无半点泥沙，水落下来摔在石板上跌得粉碎，河床又不平，水流过七棱八角的尖石，激起团团的沫。所以河里常是一团白雾，千堆白雪。我知道这水是从雪山上来，先在上面贮成一池绿水，又飞流而下的。

雪水到底是雪水，她有自己的性格、姿态和魅力。当她一飞动起来时，便要还原成雪的原貌。她在回忆自己的童年，她在流连自己的本性。她本来是这样白，这样纯，这样柔，这样飘飘扬扬的。她那飞着的沫，向上溅着，射着，飘着，好像当初从天上下来时舒舒慢慢的样子。她急慌慌地将自己撞碎，成星星点点，成烟，成雾，是为了再乘风飘去。我还未到天池边，就想，这就是天池里的水吗？

等到上了山，天池是在群山环抱之中。一汪绿水，却是一种冷绿，绿得发青、发蓝。雪峰倒映在其中，更增加了她的静寒。水面不似一般湖水那样柔和，而别含着一种细密、坚实的美感，我疑她会随时变成一面大冰的。一只游艇从水面划过，也没有翻起多少浪波，轻快得像冰上驶过一架爬犁。我想要是用一小块石片贴水漂去，也许会一直漂滑到对岸。刘家峡的绿水是一种能量的积聚，而这天池呢，则是一种能量的凝固。她将白雪化为水，汇入池中，又将绿色做了最大的压缩，压成青蓝色，存在群山的怀中。

池周围的山上满是树，松、杉、柏，全是常青的针叶，近看

一株一株，如塔如纛，远望则是一海墨绿。绿树，我当然已不知
见过多少，但还从未见过能绿成这个样子的。首先是她的浓，每
一根针叶，不像是绿色所染，倒像是绿汁所凝。一座山，郁郁的，
绿的气势，绿得风云。再，就是她的纯。别处的山林在这个季节，
也许会夹着些五色的花，萎黄的叶，而在这里却一根一根，叶子
像刚刚抽发出来；一树一树，像用水刚刚洗过，空气也好像经过
了过滤。你站在池边，天蓝，水绿，山碧，连自身也觉通体透明。
我知道，这全因了山上下来的雪水。只有纯白的雪，才能滋润出
纯绿的树。雪纯得白上加白，这树也就浓得绿上加绿了。

　　我在池边走着，想着，看着那地中的雪山倒影，我突然明白
了，那绿色的生命原来都冷凝在这晶莹的躯体里。是天池将她揽
在怀中，慢慢地融化、复苏，送下山去，送给干渴的戈壁。好一
个绿色的怀抱雪山的天池啊，这正是你的伟大，你的美丽。

丰收岭绿岛

　　从戈壁新城石河子出发，汽车像在海船上一样颠簸了三个小
时后，我登上了一个叫丰收岭的地方。这已经到了有名的古尔班
通古特大沙漠的边缘。举目望去，沙丘一个接着一个，黄浪滚滚，
一直涌向天边。没有一点绿色，没有一点声音，不见一个生命。
我想起瑞典著名探险家斯文赫丁在我国新疆沙漠里说过的一句话：
"这里只差一块墓碑了。"好一个死寂的海。再往前跨一步，大

约就要进入另一个世界。一刹那，我突然感到生命的宝贵，感到我们这个世界的可爱。

我不由得回过身来。只见沙枣、杨、榆、柳筑起莽莽的林带。透过绿墙的缝隙，后面是方格的农田，红的高粱，黄的玉米，白的棉花，正扬着笑脸准备登场。这大概就是丰收岭名字的由来。起风了，风从沙漠那边来，那苍劲的沙枣，挺起古铜色的躯干，挥动厚重的叶片；那伟岸的白杨，拔地而起，在云空里傲视着远处的尘烟；那繁茂的榆柳，拥在白杨身下，提起她们的裙裾，笑迎着扑面的风沙。

绿浪澎湃，涛声滚滚，绿色就在我的身后，我不觉胆壮起来。这绿色在史前原始森林里叫人恐怖，在无边的大海上让人寂寞，在茫茫的草原上使人孤独。而现在，沙海边的这一点绿色啊，使人振奋，给人安慰，给人勇气，只有在此时此地，我才真正懂得，绿色就是生命。现在，这许多的绿树，连同她们的根须所紧抱着的泥沙，泥沙上覆盖着的荆棘、小草，已勇敢地深入沙海中，形成一个尖圆形的半岛。

我沿半岛的边缘走着，想到最前面去看看那绿色和黄沙的搏斗。前面杨、榆、柳那类将帅之木已经没有，只派这些与风沙勇敢肉搏着的尖兵。她们是红柳、梭梭树、沙拐枣、沙打旺等灌木，一簇簇，一行行。要论个人容貌，她们并不秀气，也不水灵，干发红，叶发灰，而且稀疏的枝叶也不能尽遮脚下的黄沙。但这是一个伟大的群体，方圆几百亩，我抬头望去，一片朦胧的新绿，正是沙间绿意薄如雾，树色遥看近却无。这绿雾虽是那样的淡，那样的薄，那样的柔，却是一张神奇的网，罩住了发狂的沙浪，冲破了这沉沉的死寂。

我沿着人工栽植的灌木林走着，只见一排排的沙土已经跪伏在她们的脚下，看来这些沙子已被俘获多时，沙粒已经开始黏结，上面也有了稀疏的草，有了鸟和兔子的粪，已有了生命的踪迹。治沙站的同志告诉我，前两三年这脚下是流动的沙丘，引进这些沙生植物后，沙也就驯服多了。梭梭林前涌起的沙梁，虽将头身探起老高，像一匹嘶鸣的烈马，但还是跃不过树丛。那树踩着它的身子往上长，将绿的枝击抽它的背，用绿的叶去遮它的眼，连小草也敢"草假树威"，到它的头上去落籽生根。它终于认输了，气馁了，浑身被染绿了。

治沙站的同志又转过身子，指着远处那些高大的防风绿墙说："七八年前，连那些地方也是流沙肆虐之地。"我停下脚来重新打量着这个绿岛，她由南而北，尖尖地伸进沙漠中来，像一支绿色的箭，带着生命的信息，带着人们征服荒原的意志，来向这块土地下战表了。漠风吹过来，这个绿岛上涛声滚滚，潮起潮落，像一股冲进荒漠里的绿流，正浸润着黄沙，慢慢地向内渗移。

我联想到，千百年来流水剥去了大地的绿衣，黄河毁了多少田园，挟带着泥沙冲进碧波滔滔的大海。黄色在海口渐渐蔓延，渐渐推移，于是我们的海域内竟出现了一座黄海。这是大自然的创造。而现在，人们却让沙海边出现了一座绿岛。这是人的创造。

我在这座人工绿岛上散步，细想着，这里的绿不同于黄河上碧绿的水库，也不同于天山上冷绿的天池那些绿的水，是生命的乳汁，是生命的抽象，是未来的理想，而这里的绿，就是生命自己，是生命力的胜利，是伟大的现实。

丰收岭的绿岛啊，就从这里出发，我们会收获整个世界。

草原八月末

　　朋友们总说，草原上最好的季节是七八月。一望无际的碧草如毡如毯，上面盛开着数不清的五彩缤纷的花朵，如繁星在天，如落英在水，风过时草浪轻翻，花光闪烁，那景色是何等的迷人。但是不巧，我总赶不上这个季节，今年上草原时，又是八月之末了。

　　在城里办完事，主人说："怕这时坝上已经转冷，没有多少看头了。"我想总不能枉来一次，还是驱车上了草原。车子从围场县出发，翻过山，穿过茫茫林海，过一界河，便从河北进入内蒙古境内。刚才在山下沟谷中所感受的峰回路转和在林海里感觉到的绿浪滔天，一下都被甩到另一个世界上，天地顿然开阔得好像连自己的五脏六腑也不复存在。

　　两边也有山，但都变成缓缓的土坡，随着地形的起伏，草场一会儿是一个浅碗，一会儿是一个大盘。草色已经转黄了，在阳光下泛着金光。由于地形的变换和车子的移动，那金色的光带在草面上掠来飘去，像水面闪闪的亮波，又像一匹大绸缎上的反光。

　　草并不深，刚可没脚脖子，但难得的平整，就如一只无形的大手用推剪剪过一般。这时除了将它比作一块大地毯，我再也找不到准确的说法了。但这地毯实在太大，除了天，就剩下一个它。除了天的蓝，就是它的绿；除了天上的云朵，就剩下这地毯上的牛羊。这时我们平常看惯了的房屋街道、车马行人，还有山水阡陌，都已成前世的依稀记忆。看着这无垠的草原和无穷的蓝天，你突然会感到自己身体的四壁已豁然散开，所有的烦恼连同所有的雄心、理想，都一下逸散得无影无踪。你已经被融化在这透明的天地间。

车子在缓缓地滑行，除了车轮与草的摩擦声，便什么也听不到了。我们像闯入了一个外星世界，这里只有颜色没有声音。草一丝不动，因此你也无法联想到风的运动。停车下地，我又疑是回到了中世纪。这是桃花源吗？该有武陵人的问答声。是蓬莱岛吗？该有浪涛的拍岸声。放眼尽量地望，细细地寻，不见一个人，于是那牛羊群也不像是人世之物了。我努力想用眼睛找出一点声音。牛羊在缓缓地移动，不时抬起头看我们几眼，或甩一下尾，像是无声电影里的物，玻璃缸里的鱼，或阳光下的影。仿佛连空气也没有了，周围的世界竟是这样空明。

这偌大的草原又难得的干净，干净得连杂色都没有。这草本是一色的翠绿，说黄就一色的黄，像是冥冥中有谁在统一发号施令。除了草便是山坡上的树。树是成片的林子，却整齐得像一块刚切割过的蛋糕，摆成或方或长的几何图形。一色桦木，雪白的树干，上面覆着黛绿的树冠。远望一片林子就如黄呢毯上的一道三色麻将牌，或几块积木，偶有几株单生的树，插在那里，像白袜绿裙的少女，亭亭玉立。蓝天之下干净得就剩下了黄绿、雪白、黛绿这三种层次。

我奇怪这树与草场之间竟没有一丝的过渡，不见丛生的灌木、蓬蒿，连矮一些的小树也没有，冒出草毯的就是如墙如堵的树，而且整齐得像公园里常修剪的柏树墙。大自然中向来是以驳杂多彩的色和参差不齐的形为其变幻之美的，眼前这种异样的整齐美、装饰美，倒使我怀疑不在自然中。

这草场不像内蒙古东部那样风吹草低见牛羊，不像西部草场那样时不时露出些沙土石砾，也不像新疆、四川那样有皑皑的雪山、郁郁的原始森林做背景。它像什么？像谁家的一个庭院，"庭院深深深几许"。这样干净，这样整齐，这样养护得一丝不乱，却又这样大得出奇。本来人总是在相似中寻找美，我们的祖先创造了苏州园林那样的与自然相似的人工园林，获得了奇巧的艺术美。现在轮到上天向人工学习，创造了这样一幅天然的装饰画，便有了一种神秘的梦幻美，使人想起宗教画里的天使浴着圣光，或郎世宁画里骏马腾啸嬉戏在林间，美得让人分不清真假，分不清是在天上还是人间。

在这个大浅盘的最低处是一片水，当地叫泡子，其实就是一个小湖。当年康熙帝的舅父曾带兵在此与阴谋勾结沙俄叛国的噶尔丹部决一死战，并为国捐躯，因此这地名就叫将军泡子。水极清，也像凝固了一样，连云朵的倒影也纹丝不动。对岸有石山，鲜红色，说是将士的血凝成，历史的活剧已成隔世渺茫的传说。

我遥望对岸的红山、水中的白云，觉得这泡子是一块凝入了历史影子的透明琥珀，或一块凝有三叶虫的化石。往昔岁月的深沉和眼前大自然的纯真使我陶醉。历史只有在静思默想中才能感悟，有谁会在车水马龙的街市发思古之幽情？但是在古柏簇拥的天坛，在荒草掩映的圆明废园，只会有一些具体的可确指的联想。而这空旷、静谧、水草连天、蓝天无垠的草原，叫人真想长啸一声念天地之悠悠，想大呼一声魂兮归来。教人灵犀一点想到光阴的飞逝，想到天地人间的长久。

我们将返回时，主人还在惋惜未能见到草原上千姿百态的花。我说，看花易，看这草原的纯真难。感谢上天的安排，阴差阳错，我们在花已尽，雪未落，草原这位小姐换装的一刹那见到了她不遮不掩的真美。正如观众在剧场里欣赏舞台上浓妆长袖的美人是一种美，画家在画室里欣赏裸立于窗前晨曦中的模特又是一种美。两种都是艺术美，但后者是一种更纯更深的展示着灵性的美。这种美不可多得，也无法搬上舞台，它不但要有上天特造的极少数的标准的模特，还要有特定的环境和时刻，更重要的还要有能与美产生共鸣的欣赏者。这几者一刹那的交会，才可能迸发出如电光石火般震颤人心的美。

大凡看景只看人为的热闹，是初级；抛开人的热闹看自然之景，是中级；又能抛开浮在自然景上的迷眼繁华而看出个味和理来，如读小说分开故事读里面的美学、哲学，这才是高级。这时自然美的韵律便与你的心律共振，你就可与自然对话交流了。

呜呼！草原八月末。大矣！净矣！静矣！真矣！山水原来也和人一样会一见钟情，如诗一样耐人寻味。我一步三回头地离开那块神秘的草地。将要翻过山口时，又停下来伫立良久，像曹植对洛神一样"背下陵高，足往神留，遗情想像，顾望怀愁"，明年这时还能再来吗？我的草原！

长岛读海

想知道海吗？先选一个岛子住下来，再拣一条小船探出去，你就会有无穷的感受。

八月里在烟台对面的长岛开会，招待所所长是一个很热情的人，叫林克松，与美国前总统尼克松只一字之差。一天下午，他说："我给你弄一条小船，到海里漂一回怎么样？"第二天吃过早饭，我们驱车来到了海边。船工们说风太大不敢出海，老林与他们商议了一会儿，还是请我们上了船。我想今天就冒上一回险。

快艇高高地昂起头，在海上划出一道白色的浪沟，海水一望无际，碎波粼粼，碧绿沉沉。片刻，我们就脱离了陆地，成了汪洋中的一片树叶。这时基本上还风平浪静，大家有说有笑，一会儿就到了庙岛。这岛因地利之便是一座天然的避风港，历代都十分繁华。

岛上有一座古老的海神庙，海神为女性，这里称海神娘娘，在福建一带则叫妈祖。妈祖在历史上确有其人，是福建湄州的一林姓女子，善航海，又乐善好施，死后被人们奉为海神。宋代时朝廷封林家女为顺济夫人，元时封天妃，清时封天后，神就这样一步步被造成了。这反映了不管是官府还是百姓，都祈求平安。后殿右侧是一陈列室，有各种不同时代、不同类型的船只模型，大多是船民、船商所献。室后专有一块空地，供人们祭神时燃放鞭炮之用。人们出海之前总要来这里放一挂鞭炮，是求神也是自慰，地上的炮皮已有寸许厚。我国东南沿海一带，直至东南亚，甚至欧美，凡靠海又有华人的地方都有妈祖庙。

　　庙岛的海神庙依山而建，山门上书"显应宫"三个大字，据说十分灵验。山门两侧立哼哈二将，门庭正中则供着一个当年甲午海战时致远舰上的大铁锚。这铁锚和致远舰，还有舰的主人，带着一个弱国的屈辱和悲愤，以死明志，英勇战斗，终因身中鱼雷而沉入海底，半个多世纪后它又显灵于此昭示民族大义。锚重一吨，高 2.5 米，环大如拳，根壮如股。海风穿山门而过，呼呼有声，大锚拥链而坐，锈迹斑斑，如千年古树。

　　我手抚大锚，远眺山门之外，水天一色，烟波浩渺，遥想当年这一带海域，炮火连天，血染碧波，沉船饮恨，英雄尽节。再回望山门以内，哼哈二将本是佛教的守护神，因为他们有力便借来护庙。这大铁锚本是海战的遗物，因为它忠毅刚烈也就入庙为神。人们是将与海有关的理想幻化为神，寄之于庙。这庙和海真是古往今来一部书，天上人间一池墨。

　　离开庙岛，我们向外海方向驶去，海水渐渐变得烦躁不安。这海水本是平整如镜，如田如野，走着走着我们像从平原进入了丘陵，脚下的"地"也动了起来。海像一面宽大的绿锦缎，正有一个巨人从天的那一头扯着它抖动，于是层层的大波就连绵不断地向我们推压过来。快艇更加昂起头，在这幅水缎上急速滑行。

老林说开花为浪，无花为涌。我心中一惊，那年在北戴河赶上涌，军舰都没敢出海，今天却乘着小船来闯海了。离庙岛越来越远，涌也越来越大。船上的人开始还兴奋地说笑，现在却一片寂静，每个人的手都紧紧地扣着船舷。当船冲上波峰时，就像车子冲上了悬崖，船头本来就是向上昂着的，再经波峰一托，就直向天空，不见前路，连心里都是空荡荡的了。

我们像一个婴儿被巨人高高地抛向天空，心中一惊，又被轻轻接住。但也有接不住的时候，船就摔在水上，炸开水花，船体一阵震颤，像要散架。大海的波涌越来越急，我们被推来搡去，像一个刚学步的小孩在犁沟里蹒跚地行走，又像是一只爬在被单上的小瓢虫，主人铺床时不经意地轻轻一抖，我们就慌得不知所措。

我不知道这海有多深，下面有什么东西在鼓噪；不知道这海有多宽，尽头有谁在抻动它；不知道天有多高，上面有什么东西在抓吸着海水。我只担心这只半个花生壳大小的小船，别让那只无形的大手捏碎，这时我才感到要想了解自然的伟大莫过于探海了。在陆地上登山，再高再陡的山也是脚踏实地，可停可歇，而且你一旦登上顶峰，就会有一种把它踩在了脚下的自豪。可是在海里呢，你始终是如来佛手心里的一只小猴子，你才感到了人的渺小，你才理解人为什么要在自然之上幻化出一个神，来弥补自己对自然的屈从。

　　我们就这样在海上被颠、被抖、被蒸、被煮，腾云驾雾般走了约半个小时。这时海面上出现了一座小山，名龙爪山，峭壁如架如构，探出水面，岩石呈褐色，层层节节如龙爪之鳞。山上被风和水洗削得没有一棵树或一根草，唯有巨流裹着惊雷一声声地炸响在峭壁上。山脚下有石缝中裂，海水急流倒灌，雪白的浪花和阵阵水雾将山缠绕着，看不清它的本来面目。

　　老林说这山下有一洞名隐仙洞，是八仙所居之地，天好时船可以进去，今天是看不成了。我这时才知道，在我国广泛流传的八仙过海原来发生在这里。古代的庙岛名沙门岛，是专押犯人的地方，犯人逃跑无一不葬身海底。一次有八个人浮海逃回大陆，人们疑为神仙，于是传为故事。现在我们随着起伏的海浪，看那在水雾中忽隐忽现的仙山，仿佛已处在人世的边缘。在海上航行确实最能悟出人生的味道。当风平浪静，你"纵一苇之所如，凌万顷之茫然"，觉得自己就是仙；当狂涛遮天，船翻桅摧，你就成了海底之鬼。人或鬼或仙全在这一瞬间。超乎自然之上为仙，被制于自然之下为鬼，千百年来人们就在这个夹缝里追求，你看海边和礁岛上有多少海神庙和望夫石。

　　离开龙爪山，我们破浪来到宝塔礁。这是一块突出于海中的礁石，有六七层楼高，酷似一座宝塔。海水将礁石冲刷出一道道的横向凹槽，石块层层相叠如人工所垒，底座微收，远看好像风都可以刮倒，近看却硬如钢浇铁铸。我看着这座水石相搏产生的杰作，直叹大自然的伟力。

　　过去在陆地上看水与石的作品，最多的是溶洞，那钟乳石是水珠轻轻地落在石上，水中的碳酸钙慢慢凝结，每万年才长一毫米，终于在洞中长成了石笋、石树、石塔、石林。可今天，我看到水是怎样将自己柔软的身子压缩成一把锉、一把刀，日日夜夜永无休止地加工着一座石山，硬将它刻出一圈圈的凸凸凹凹，分出塔层，磨出花纹，完工后又将塔座多挖进一圈，以求其险，在塔尖之上再加一顶，以证其高，又在塔下洗削出一个平台，以供那些有幸越海而来的人凭吊。

这些都做好之后还不算完，大海又将宝塔后的背景仔细调动一番。离塔百多米之远是一片壁立的山坳，像一道屏风拱卫相连，屏面云飞兽走，沙树田园。屏与塔之间，奇石散布，如谁人的私家花园。我选了一块有横断面的石头，斜卧其旁，留影一张。石上云纹横出，水流东西，风起林涛，万壑松声，若人之思绪起伏不平，难以名状。

脚下一块大石斜铺水面，简直就是一块刚洗完正在晾晒的扎染布。粉红色的石底上现出隐隐的曲线，飘飘落落如春日的柳丝，柳丝间又点洒些黑碎片，画面温馨祥和，"燕子声声里，相思又一年"。这是任何一个画家都无法创作出的作品。

大海作画就是与人工不同，如果我们来画一张画，是先有一个稿子，再将颜色一层一层地涂上去。而这海却是将点、线、色等，在那天崩地裂的一瞬间，统统熔铸在这个石头坯子里，然后就用这一汪海水，蘸着盐，借着风，一下一下地磨，一遍一遍地洗，这画就制成了。实际上我们现在看着的这一幅画仍在创作中。

《蒙娜丽莎》挂在法国卢浮宫博物馆里，几百年还是原样，而我们过十年、百年后再来看这幅石画，不知又将是什么样子。现代科技发明了高速摄像机，能将运动场上的快动作分解来看，有谁再来发明一个超低速摄像机，将这幅画的形成过程动起来，拿到美术院校的课堂上去放，那将是一门绝顶精彩的"自然艺术"课。

下午看九丈崖。这是北长山岛的一段海岸，虽名九丈实则百丈不止。从崖下走一遍，可以感受海山相吻、相接、相拼、相搏的气魄。

我们从南面下海，贴着山脚蹭着崖壁走了一圈。右边是水天相连的大海，海上迎风而起的白浪像草原上奔驰的马群，翻腾着，嘶鸣着，直扑身旁。左边是冰冷的石壁，犬牙交错，刀丛剑树，几无退路。那浪头仿佛正是要把人拍扁在这个砧板上，我们就在这样的夹缝中觅路而行。但是脚下何曾有什么路，只是一些散乱的踏石和在崖上凿出的石阶。行人如履薄冰地探路，一边又提心吊胆地看着侧面飞来的海浪。老林走在前面，他喊着："数一，二，三！三个浪头过后有一个小空当，快过！"我们就像穿越炮火封锁线一样，弓腰塌背，走走停停。尽管非常小心，还是会有浪头打来，淋一身咸汤。

这时最好的享受就是到悬崖下，仰着脖子去接几滴从天而降的甘露。原来与海的苦涩成对比，九丈崖顶上不断飘落下甜甜的水珠。这些从石缝里渗出来的水，如断线的珍珠，逆着阳光折射出美丽的色彩。我们仰着脸，目光紧追一颗五色流星，然后一口咬住，在嘴里咂出甜甜的味道。

　　在仰望悬崖的一霎间，我又突然体会到了山的伟大。它横空
出世，托云踏海，崖壁连绵曲折，尽收人间风景。半山常有巨石
与山体只一线相连，如危楼将倾；山下礁石则乱抛海滩，若败军
之阵。唯半山腰一条数米宽的浅红色石层，依山势奔突蜿蜒，如
海风吹来一条彩虹挂在山前。背后海浪从天边澎湃而来，在脚下
炸出一阵阵的惊雷，山就越发伟岸，崖就越发险绝。我转身饱吸
一口山海之气，顿觉生命充盈天地，物我两忘，神人不分。

不如静对一院秋

　　我从不喝酒，却年年为秋色所醉。进入十一月，院子里的树木花草绚烂迷离，早让人醉得一塌糊涂。

　　那天在楼下散步，本来是艳艳蓝天，静静的小区，忽起了一阵秋风，所有的树木便发疯地摇摆，比赛着抖落身上的叶子，于是红的、黄的、绿的、橙色的、绛色的，枫树、银杏、柿树、梧桐等树叶瞬间就搅成一场五彩的雪花，从天而降。正在散步和晒太阳的人们一时都被惊呆了。等到回过神来，再掏出手机去拍照时，却又恢复了平静。秋阳艳艳，澄明如水，只是地上多了一块厚厚的地毯，镶嵌着数不清的色块、线条，还散发着落叶的清香。人们一时晕了神，都不忍心去踩。秋天就是这样突然降临的吗？如忽饮美酒，让人心醉。

　　红色是喜庆之色。人有喜事喝了酒，脸色发红，会有一种按捺不住的激动，现在的院子正是这种气氛。柿子树的叶片本就厚实，这时红得像浸过红颜料的布头，裹着黄柿子，露出一脸的憨厚。枫树，正庆幸他们一年中最露脸的时刻，不管是元宝枫还是鸡爪枫，都尽力伸展开他们的尖叶，鲜红欲滴，如少女的口红。

　　而平时最不注意的爬山虎，学名叫地锦，本是怯怯地匍匐在墙角、墙头，用它的墨绿去勾线填缝，这时却喷出耀眼的红光，一时墙头便舞着蜿蜒的红飘带，墙角则像是谁刚泼了一桶红油漆，而高楼整面的山墙，则像一面鲜艳的红旗，火辣辣地呼喊着大地的浪漫。

　　我们常说秋天是金色的季节。这院子里虽不像丰收的田野有玉米、南瓜的金黄，却也给金色留下了足够的舞台。阴差阳错，当初设计者在院子的中轴大道旁全部栽上了银杏。它们干直冲天，枝柔拖地，枝条上互生着一束束嫩叶，五叶一束，叶开如扇。春夏时绿风荡漾还不觉有奇，而这时清一色地转黄，岸立路旁，就成了两堵"黄金海岸"。人们走在路上，有如登上金銮宝殿，脚踏软软的金丝地毯，遥望两条黄线射向蓝天，不知身在何处。本来工人还是每天照样地清扫落叶，后来居民强烈呼吁停扫一周，好留住这些金黄！现在，连环卫工人也吃惊地抱着扫帚，坐在路边的长椅上，享受着上天恩赐的这一年一次的黄金假期，仿佛大家都到了另一个世界。

　　当然还有不变的绿，那是松柏、翠竹、没来得及落叶的杨柳和地上绿油油的草坪，它们都做了秋的深色背景。当然，也有许多中间的过渡，马褂木因为硕大的叶片特别像古人穿的马褂而得名，这时呈现出深褐色，而白蜡树则刚刚染上一点淡黄。更有那玉兰，白绒绒的花苞，已经准备好了来年春天的绽放。地上的落叶，因时间的先后分出了水分的干湿和颜色的浓淡。

墙是一色的青灰，偶有一串红叶单挂在上，就像暗夜里的灯笼。一片鲜红的新叶正被风吹到枯叶堆上，像是正要去点燃它的火苗。阳光从树上未落的绿叶上反射着粼粼的光，秋风还是突然地来去，搅动一团色彩，扬起又落下。这时我就痴痴地坐在长椅上，透过漫天的彩叶，享受着胜似春光的秋色。难得，天地换装一瞬间，五颜六色齐抖擞。看尽南北四时花，不如静对一院秋。

第 三 章

我们为什么要阅读

书与人的随想

在所有关于书的格言中，我最喜欢赫尔岑的这句话：书是行将就木的老人对刚刚开始生活的年轻人的忠告……种族、人群、国家消失了，书却留存下去了。

人类社会是一个连续发展的过程，我们常将它比作历史长河，而每个人都是途中搭行一段的乘客。每当我们上船之时，前人就将他们的一切发现和创造，浓缩在书本中，作为欢迎我们的礼物，同时也是交班的嘱托。由于有了这根接力魔棒，人类几十万年的历史，某一学科积几千年而有的成果，我们都可以在短时间内将其掌握，而腾出足够的时间去进行新的创造。书籍是我们视接千载、心通四海的桥梁，是每个人来到这个世界上首先要拿到的通行证。历史愈久，文明积累愈多，人和书的关系就愈紧密相连。

现实生活中，我们常常会发现一个新世界，比如海洋、太空、微生物等等，凡新世界都会给我们带来无穷的乐趣。但真正大的世界是书籍，它是平行于物质世界的另一个精神世界。有位养生家说："健康是幸福，无病最自由。"这是讲作为物质的人。大多正常的人刚生下来没有任何疾病，一张白纸，生机盎然，傲对现世。以后因风寒相侵，细菌感染，七情六欲，就灾病渐起，有一种病就减少一分活动的自由。

作为精神的人正好与此相反。他刚一降生时，对这个世界一无所知，迷蒙蒙，怯生生，茫然对来世。于是识字读书，读一本书就获得一分自由，读的书越多，获得的自由度就越大。所以一个学者到了晚年，哪怕他是疾病缠身，身体的自由度已极小极小，精神的自由度却可达到最大，甚至在去世之后他所创造的精神世界仍然存在。

哥白尼一生研究日心说，受教会迫害，到晚年困顿于城堡中，双目失明，举步维艰，但他终于完成了划时代巨著《天体运行论》。到去世前一刻，他摸了摸这本刚出版的新书安然离开了人世。这时他在天文世界里已获得了最大自由，而且还使后人也不断分享他的自由。

中国古代有人之初性恶性善之争。我却说，人之初性本愚，只是后来靠读书才解疑释惑，慢慢开启智慧。凡书籍所记录、研究的范围，所涉及的东西，他都可以到达，都可以拥有。不读书的人无法理解读书人的幸福，就像足不出户者无法理解环球旅行者或者登月人的心情。既然书总结了人类的一切财富，总结了做人的经验，那么读书就决定了一个人的视野、知识、才能、气质。当然读书之后还要实践，但这里又用到了高尔基的那句话："书籍是人类进步的阶梯。"如果你脚下不踏一梯，你的实践又能走出多远呢？那就只能像一只不停刨洞的土拨鼠，终其一生也不过是吃穿二字。你可以自得其乐，但实际上已比别人少享受了半个世界。

一个人只有当他借助书籍进入精神世界、洞察万物时，他才算跳出了现实的局限，才有了时代和历史的意义。古语云"读书知理"，谁掌握了真理谁就掌握了世界。所以读书人最勇敢，常一介书生敢当天下。

读书又给人最大的智慧。爱因斯坦在伽利略、牛顿之书的基础上，发现相对论，物理世界一下子进入一个新纪元。马克思穷读了他之前的所有经济学著作，发现了剩余价值规律，指出资本主义必然灭亡，一下子开辟了社会主义革命的新纪元。他们掌握了事物之理，看世界就如庖丁观牛，"以神遇而不以目视"，这是常人之所难及的。所以从一定意义上讲读书造人，你要成为某方面有用的人，就得攻读某方面的书，你要有发现和创造就得先读前人积累的书。毛泽东讲，从孔夫子到孙中山都要给以总结，历史也就真的产生了毛泽东、邓小平这样的巨人。这就是为什么一个民族的或者世界的伟人，必定是一个知识分子，一个读书人，一个读书最多的人。

我们作为一个历史长河中的旅人，上船时既得到过前人书的赠礼，就该想到也要为下一班乘客留一点东西。如果说读书是一个人有没有求知心的标志，那么写作就是一个人有没有创造力和责任感的标志。读书是吸收，是继承；写作是创造，是超越。一个人读懂了世界，吸足了知识，并经过了实践的发展之后才可能写出属于他自己而又对世界有用的东西，这就叫贡献。这样他才真正完成了继承与超越的交替，才算尽到历史的责任。

写作是检验一个人的学识才智的最简单方法，写书不是抄书，你得把前人之书糅进自己的实践，得出新的思想，如鲁迅之谓吃进草，挤出牛奶。这是一种创造，如同科学技术的发现与发明，需要智慧和勇气。小智勇小文章，大智勇大文章。唐太宗称以铜为镜、以史为镜、以人为镜，其实文章也是一面大镜子，验之于作者可知驽骏。古往今来，凡其人庸庸，其言云云，其政平平者，必无文章。

古人云"立德立言"，人必得有新言汇入历史长河而后才得历史的承认。无论马、恩、毛、邓，还是李、杜、韩、柳，功在当世之德，更在传世之文，他们有思想的大发现大发明。我们不妨把每个人留给这个世界的文章或著作，算作他搭乘历史之舟的船票，既然顶了读书人的名，最好就不要做逃票人。这船票自然也轻重不同，含金量不等，像《资本论》或者《红楼梦》，那是怎样一张沉甸甸的票据啊。书的分量，其实也是人的分量。

不读书愚而可哀，只读书迂而可惜，读而后有作，作而出新，是大智慧。

我们为什么要阅读

我们为什么要阅读？

先讲一个真实的故事。周日无事，一个大人带着十多岁的孩子在宿舍大院里散步。看到一个迎亲的车队，一群人围在接新娘的头车急得团团转。上前一看，一个轮胎瘪了。新娘马上就要下楼，宝马失前蹄，要误大事。正当大人无解时，这个孩子上前说："没事，你们使劲用脚踹轮胎。"司机半信半疑，大家顾不了许多，一顿乱脚。奇迹出现，轮胎渐渐饱满。人们齐问："这是怎么回事？"这个神童慢慢道来："这款车名'兰博基尼'，车胎被扎后有自主充气功能，只要用脚踹踹就行，还能再行驶一百公里。"父亲大奇："你怎么知道？""家里不是有一本汽车杂志吗？没事闲看来的。"这就是阅读的作用。阅读让你长知识，让你聪明。

其实，要问我们为什么阅读，不如先问一下为什么要吃饭。人是由物质和精神组成的。不吃饭不能长身体，会肉体死亡；不阅读不会有思想，要精神死亡。正如营养不良，会造成身体发育的缺陷，面黄肌瘦、腿细脖长、鸡胸龟背等等，不读书也会造成精神方面的缺陷，如自私、狭隘、孤独、浮躁、虚荣、骄傲、多疑、胆怯等等，生活得不阳光、不自信、不幸福。有什么样的阅读，就有什么样的收获，它决定着人的知识、思想、意志、审美、情趣。这是从人的自我丰富的一面来说。

如果你不只是为了"美食"，又从阅读进入了创造，比如写作，就更应该知道阅读的重要了。熟读唐诗三百首，不会写诗也会"偷"。背得美文两百篇，不会作文也会"搬"。偷什么？从经典中偷来火种，点亮自己。搬什么？搬来救兵，充实自己的文章。偷得仙桃能成仙，搬来救兵也称王。古人有集句写诗之法，全用别人旧句。那是一种在阅读基础上的积木式训练，常有好作。作文虽不能全篇集句，但借词、借句、借典、借气、借方法，还是需要的。这一切都要通过阅读来解决。当你超越阅读而进入写作，发表了作品时，别人又开始了对你作品的阅读。人类精神产品的生产就是这样螺旋式前进。

当然，这只是以写作为例。三百六十行，不管干哪一行都得先从阅读入手。因为阅读是启蒙，是积累，是钥匙，是开关。那个十多岁的男孩如果一直阅读下去，也许会成为汽车发明家、汽车大王，正如伽利略、达尔文、歌德小时候就开始对物理、生物、文学进行阅读。如果你说老了，已胸无大志，那么，阅读至少可以疏通头脑，不至于让你提前痴呆，输在了终点线上。再者就算你无所谓了，也该为下一代装出一个阅读的样子，别让他们输在起跑线上。

我们为什么要阅读？为了精神生活，为了健康那一半的生命。

书籍是知识的种子

一天，一位编辑给我送来一本大书，极好的画报纸，九寸宽，一尺三寸长，十五斤重，实在无法捧读。想放在书架上，插不进去，只好放在茶几上，压了八个月，茶几也不堪重负，不得已，将其请出了办公室。现在的书不求内容的凝练，却一味地追求形式的奢华，摆设功能正在悄悄地取代阅读功能。一次在大会堂碰见了出版界老前辈叶至善，他深有感慨地说："书是越出越多，越出越大，一些儿童读物也动辄几大卷，一厚本，孩子们怎么翻得动？"书出得多一些、好一些，本是好事，但徒求其形，不究其质，多而不精，就堪忧堪虑了。

既然读书的人都觉得太多太滥，编书的人为什么还一个劲儿地出呢？抛开经济利益不说，这里有一个贪大求名、以大为荣、大即有功、大可传世的大错觉。

一本书之所以成名传世，不是因为其字多大，而是因其内容之精，代表了当时某一领域的知识顶峰，后人可赖以攀登。历史上有没有大书？有，但它首先不是大而是精。

　　《史记》是一本大书，从传说中的黄帝一直写到汉代，凡一百三十卷，五十二万字，作者整整写了十六年。它在记事、析理及文学艺术上都达到了一个精字，成了后人治史为文的楷模。

　　《资治通鉴》是一本大书，但作者一开始就是从求精的目的出发，他深感到《春秋》之后到北宋已千余年，只主要的史书就已积存了一千五百余卷，书实在是太多了，一般知识分子一生也难卒读，因此有必要辨其真伪，撮其精要，写一本既存史实又资治国的好书。他精心工作了十九年，终于完成了这本以史为镜、明兴替之理的大书，大大影响了中国历史。

　　《资本论》是一本大书，但这主要不是因为它浩浩万言，而是因为它揭示了在这之前别人还没有发现的关于剩余价值的原理，从而揭示了资本主义必然灭亡的规律。无论是司马迁、司马光，还是马克思，他们所完成的书虽然很大，但相对于从前浩瀚的书卷，却是精而又精了。

　　即使这样，一般读者对这种大书仍然不能通读，主要影响读者的还是其中精辟的章节和主要的观点。再大的书也只能把精髓集中于一点，就像关公的大刀再重，刀刃也是薄薄一线；张飞的蛇矛再长，矛锋也是尖尖的一点。精髓不存，大书无魂；精髓所在，片言万代。一篇《岳阳楼记》代代传唱，皆因其"先忧后乐"的思想；一篇《出师表》千年不衰，全在它"鞠躬尽瘁"的精神。文无长短，书无大小，有魂则灵，意新则存。所以，许多薄篇短章仍被作为宏文巨著载入史册，甚至有的还被史家以此来划分年代。

一五四三年被认为是欧洲文艺复兴的开始，就是因为这一年出版了两本科学专著：维萨留斯的《人体结构》和哥白尼的《天体运行论》。一九〇五年被认为是现代物理学的开端，因为这一年爱因斯坦发表了震惊世界的相对论。但这个宏论是发于当年的《物理学纪事》杂志上的三篇薄薄的论文。三十年后一支反法西斯志愿军缺乏经费，只求爱因斯坦将这杂志找出来将文章重抄了一遍，就拍卖了四百万美元，武装了一支军队，真是字字千金。这些书从字数来说比起我们现在动辄千万言的"大系""全书"来，算是豆芥之微，但其作用之大如日月经天。写书本来就是有话则长无话则短，现在却有点"学者不知书滋味，为成巨著强凑字"。

因常写东西，我有时也闭目自测，到底对自己的写作产生过重大影响的是哪些书，细想下来竟大都是一些短篇。中学时背过一些《史记》列传、唐宋文章，在以后的散文和新闻写作中，时时觉得如气相接，如影相随。打倒"四人帮"后，又得以重新细读朱自清、徐志摩，自觉又如被人往上推了一把。二十世纪七十年代末，无意中看到一本薄薄的新校点的《浮生六记》，语言之清丽令人如沐春风，一见就不肯放手，以后又研习再三，从中得到不少启发。写作《科学发现演义》时，知识和资料却全部来源于各种科普和科学人物的小册子。因为这些小册子都是从千年科海中打捞出来的最精的实货。大约一般人的读书心理总是寻找林中秀木、沙滩珍珠和羊群里的骆驼，总是想用最短的时间获得最有用的知识，所以小而精的书利用率最高。

本来书籍的功能就是积累知识，没有积累，不能把有价值的东西留传给后代，书籍就没有生命。前人论书的本质和功能大多集中于这一点。高尔基说："书是人类进步的阶梯。"阶梯者，不断向前延伸也。赫尔岑说："书，就是这一代对另一代人的遗训，就是行将就木的老人对刚刚开始生活的年轻人的忠告，是行将去休息的站岗人对走来接替他的岗位的站岗人的命令。"既然是遗训、忠告、命令，当然要尽量提炼出最重要的东西，然后再将其压缩在最精练的文字中，哪能像我们现在这样动辄百万言、千万言地拉杂。

古人讲"立言"，言能立于世必得有个性，不重复，有创造，所以杜甫说"语不惊人死不休"。我想顺着他的意思可以这样说："语不惊人死不休，篇无新意不出手。著书必求传后世，立事当作空前谋。"牛顿说，他的成功是因为站在了巨人的肩膀上。那是因为巨人们用一本本的书搭成了一条台阶，托着他向上攀登。牛顿的脚下踩着哥白尼的《天体运行论》、伽利略的《对话》，而爱因斯坦又踏着牛顿的《自然哲学的数学原理》，给后人留下了相对论。

书籍是什么？我觉得还可以说书籍是知识的种子。二十世纪五十年代发生过这样一件轰动一时的事，我国考古工作者在东北某地挖掘出一粒在地下埋藏了千年的古莲籽，经过精心培育，居然发芽长叶开出了一朵新莲花。如果当时埋在土里的不是一粒种子而是一团枝叶呢？我们现在挖出的就只能是一团污泥。一八六五年奥地利科学家孟德尔发现了生物遗传规律，他在一次科学会议上宣布后，竟无一人理解。第二年他将此写成论文发表，并分藏到欧洲的一百二十个图书馆，直到三十四年后才又被人重新发现和证实。若没有这些书籍做种子，埋种在先，科学不知要被推后多少年。

今天，如果我们凑够字数就出书，那就是在田野里播种萎谷，看似一片茂盛，到秋天却颗粒不收。这样既浪费了今天的资源，又断绝了子孙的口粮，何必这样做呢？

说经典

什么是经典？常念为经，常说为典。经典就是经得起重复，常被人想起，不会忘记。

常言道"话说三遍淡如水"，一般的话多说几遍人就要烦。但经典的话人们一遍遍地说，一代代地说；经典的书，人们一遍遍地读，一代代地读。不但文字的经典是这样，音乐、绘画等一切艺术品都是这样。

一首好歌，人们会不厌其烦地唱；一首好曲子会不厌其烦地听；一幅好字画挂在墙上，天天看不够，甚至像唐太宗那样，喜欢王羲之的字，一生看不够，临死又陪葬到棺材里。

许多人都在梦想自己的作品、事业成为经典，政治的、文学的、艺术的、工程的，等等，好让自己被历史记住，实现永恒。但这永恒之梦，总是让可怕的重复之手轻轻一拍就碎，它太轻太薄，不耐用，甚至经不起念叨第二遍。倒是许多不经意之说、之作，无心插柳柳成荫，不经意间成了经典。

说到"柳"，想起至今生长在河西走廊上的"左公柳"。

一百多年前，左宗棠带着湘军去平定叛乱，收复新疆。他一路边行军边栽柳，现在这些合抱之木成了历史的见证，成了活的经典，凡游人没有不去凭吊的。

莎士比亚有许多话，简直就是大白话，比如："是生还是死，这是一个问题。"还有托尔斯泰《安娜·卡列尼娜》的开头："幸福的家庭都是相似的，不幸的家庭各有各的不幸。"这些话被人千百次地模仿。就是《兰亭序》也是在一次普通的文人聚会上，王羲之一挥而就。当然，经典也有呕心沥血、积久而成的，像米开朗琪罗的壁画《末日的宣判》，一画就是八年。

不管是妙手偶成还是苦修所得，总之，它达到了那个水平，后人承认它，就常想起它、提起它、借用它。它如铜镜愈磨愈亮，要是一只纸糊灯笼呢？用三五次就破了。

经典之所以为经典，原因有三：一是达到了空前绝后的高度；二是上升到了理性，有长远的指导意义；三是经得起重复。

经典不怕后人重复，但重复前人却造不成经典。

文化的发展总是一层一层，积累而成。在这个积累的过程中要有个性、能占一席之地必得有新的创造。比如教师一遍一遍讲数理化常识，如果他只教书而不从事科研，一生也不会造就数学或物理科学方面的经典。因为只有像牛顿发现了万有引力，像伽利略发现了重力加速度，像爱因斯坦发现了相对论等，才算是科学发展史上的经典。马克思创立了无产阶级专政理论，毛泽东创立了农村包围城市理论，这些都是无产阶级革命和建设的经典。

经典是创新，不是先前理论的重复。唐诗、宋词、元曲，书法上的欧、颜、柳、赵，王羲之的行书、宋徽宗的瘦金书，都是中国文学艺术史上的经典。因为在这之前没有过，实现了"空前"，有里程碑的效果。我们回望历史，就会看到这些高峰，它们是一个永远的参照点。

经典又是绝后的，你可以重复它、超越它，但不能复制它。

后人时时地想起、品味、研究经典是为了吸收借鉴它，以便去创造自己新的经典。就像爱因斯坦超越牛顿，爱翁和牛顿都不失为经典。齐白石谈到别人学他的画说："学我者生，像我者死。"因为每一个经典都有它那个时代、环境及创造者的个性烙印。哲学家讲，人的一生不能两次跨过同一条河流。比如我们现在写古诗词，无论如何也不会有李白、李商隐、李清照的神韵，岂止唐宋，就是郭小川、贺敬之也无法克隆。时势异也，条件不再。你只能创造你自己的高峰，唯其这种"绝后"性，才使它高标青史，成为永远的经典。

我们对经典的重复不只是表面的阅读，更是一次新的挖掘。

经典之所以总能让人重复、不忘，总要提起，是因为它对后人有启示和指导价值。"鸳鸯绣出从君看，莫把金针度与人"，经典不只是一双锦绣鸳鸯，还是一根闪闪的金针。凡经典都超出了当时实践的范围而有了理性的意义，有观点、立场、方法、思想、哲理的内涵，唯理性才可以指导以后的实践。理性之树常绿。只有理性的东西才经得起一遍一遍地挖掘、印证，而它又总能在新的条件下释放出新的能量。如天然放射性铀矿一样，有释放不完的能量。

范仲淹说："先天下之忧而忧，后天下之乐而乐。"司马迁说："人固有一死，或重于泰山，或轻于鸿毛。"这都是永远的经典，早超出了当时的具体所指而有了哲理的永恒。就是达·芬奇的《蒙娜丽莎》的微笑，朱自清《背影》中父亲饱经风霜的背影，小提琴曲《梁祝》中爱的旋律，还有毕加索油画中的哲理，张旭狂草中的张力，也都远远超出自身的艺术价值而有了生命的启示。

总之，经典所以经得起重复是因为它丰富的内涵，人们每重复它一次都能从中开发出有用的东西，像一块糖，因为有甜味人才会去嚼。同样，一篇文章、一幅画或一个理论，能经得起人反复咀嚼而味终不淡，这就是经典与平凡的区别。一块黄土，风一吹雨一打就碎；而一颗钻石，岁月的打磨只能使它愈见光亮。

我的阅读三字经

　　每个人的经历、生活环境、工作目的不同，决定了他的读书习惯不同。一个人就是不读书也很正常，我注意过很多人家，包括有的高级干部家也没有一个书架。有的人，他的家就是一座书库。我去拜访季羡林先生时，要从书架间侧身而过，才能到达他的小书桌前。我一生大半从事新闻工作，行无定所，写无定题，读无定书。多是跑马观花、浮光掠影、海边拾贝。阅读特点大概是三个字：杂、精、用。

　　先说"杂"。人们读书大约可分为两类：一是读闲书，并无什么目的，就如下棋、打扑克，休闲而已；二是为某种工作和学术目的去有选择地阅读。我两类都有，这就有点杂，而且书、报、刊都读，报刊多于书籍，就更显其杂。我最初的课外阅读是从报纸副刊开始的。读初中时家里订有一份日报，只有四个版，大人读正刊，我读第四版的副刊，文艺爱好从此启蒙。后来在宣传部新闻处工作，全国各省每天来的报刊足有二尺多厚，都要翻一遍。书籍则是依自己的爱好，文学、历史、政治、人物类读得较多。

我后来当记者，这又是一个被称为"杂家"的行当，更逼得我杂读百书。

杂，实际上是多。要成事，多读书。除开新闻和理论写作，我的散文创作有四次转型：山水、人物、人文森林、笔记随笔。因此案头和枕边的书也随时在换，觥筹交错，各色杂陈。书读多了才能融会贯通、随机而用。被称为世界上最会赚钱的投资搭档查理·芒格和巴菲特每天要阅读一到六个小时，比尔·盖茨每天读书一百五十页。

再说"精"，这一点是最重要的，是阅读之核心。人生苦短，不可能穷尽所有典籍，东海之大我只取一勺。可见古人选语录，今人摘金句是有一定的道理。一本书中对你最有用的可能就是一两句话，但可受用一生。搞文学的人没有不读《文心雕龙》的，这本书时代久远，又掉书袋，并不好读。但有一句话我视为经典："目既往还，心亦吐纳。"就是说作家的创作是由形及情、及理，由具象到抽象。这成了我散文创作的指南，也是我后来构建"文章五诀"理论的基础之一。黑格尔的《美学》艰涩难读，简直就是天书。但有一句我读懂了，他说人是由动物变来的，难免有粗野性，是"（艺术）用慈祥的手替人解除自然的束缚"。这是推行美育，从小让孩子弹琴、画画、唱歌的理论根据，也可用来戳穿那些打着"人性"牌子而大写黄色、暴力的伪文学、伪艺术的面具。又如近几十年我们才开始重视生态，而恩格斯早就在他的书里警告人类："我们不要过分陶醉于我们对自然界的胜利。对于每一次这样的胜利，自然界都报复了我们。"上述两个名人的经典语录都对我在新闻出版管理岗位指导工作和散文创作以及后来创立"人文森林"学起了大作用，如一盏明灯在心，时时温习。什么是经典？常念为经，常用为典。凡经典空前绝后，经得起重复检验，又能指导实践。我曾精摘经典名句，自制常用语录，输入电脑，便于随时查用。

　　写到这里顺便说一件趣事。在我的记忆里，恩格斯说过一句话："人是由猴子变来的，但人看猴子比猴子看猴子更清楚。"说得何等好啊。后来为核实出处，我再查恩格斯的书却找不到这句话，又请教一位学德语的外文局领导，也说没有。以我的智商是编不出这样的妙句，就算编出也舍不得托孤他人呀。又上网查，却说是我说的。因为在我发表的文章中引过此句，就留下了痕迹。这真是一出阅读界的"三岔口"。这次借本文说出，有哪位博闻强记的书友或可为之索隐指谬。

　　后说"用"。死读书没有用。庄子里有一个故事，齐桓公在堂上读书，堂下一个木匠说："你不用读，那书上都是过去的死道理。就像我做车轮，道理都在我的心里，无法言传。"不管是泛读中浮光掠影来的影子，还是精读中咀嚼得来的语录，都要结合实际，才能激活，读用结合才显阅读的价值。陈望道的《修辞学发凡》是一本专业的修辞学开山之作。我大学毕业后到农村劳动，在一个灶台上看到了这本残破的书，算是萍水相逢。我记住了书中的一个观点，修辞分两大类，消极修辞与积极修辞。前者严谨、准确，如法律文件、实用文字等；后者修饰、夸张，如文学作品。当时也无多想，只是当知识来读。三十多年后我在新闻出版署工作，新闻界忽起一种消息写作散文化的观点，并在业内报上引起一场持续半年的公开大讨论，双方各不相让。讨论结束时报纸请我写一篇结论性文章。学术不是行政管理，要以理服人。我想起了两类修辞说，指出新闻与文学从根本上分属两类不同修辞，不可混淆。如果新闻可以散文化，随之而来的就是虚构、夸张、抒情，就是虚假新闻，新闻也就失去了自己的个性和生命。这就从理论上说清了问题，一锤定音。当然我还引经据典讲了其他方面的道理，共十二个理由。人到用时想到书，就如孩童饿时想到娘。

我曾当面听过钱学森的一次谈话，他将人的思维方式分为五种：形象思维、逻辑思维、灵感思维、特异思维和综合思维。人们最常用的只是前两种思维，而往往又只用其中一种，在一个圈子里打转转。阅读必须跳出单一思维，到多种思维间转换。我们平常的写作（包括工作）实际上是一个用书的过程。如我写《数理化通俗演义》就是在采访学校时见到学生读书太苦，萌生了能不能把课堂上的数理化知识，科学史上的人物、故事，写成一本《三国演义》式的章回小说。就是说把课本上的逻辑思维转换成小说的形象思维。为写这本书我通读了一遍科学史，如李约瑟的《中国科技史》《科学发现大事年表》、各种科学家传记、许多科普小册子。书成后即为中学生的必读书，几十年来长销不衰。为写《树梢上的中国》，我去翻看古树志、地方志。写《左公柳》就去看《左宗棠传》，写《沈公榕》就去看《沈葆桢传》。为写《天边物语》一书，就去重读张岱、纪晓岚等人的明清小品，又恶补东西方美学。这种现蒸现卖、现充电的急用而读，占了我阅读空间的最大部分。阅读还不限于书本，耳目所及都是读，过脑入心皆可用。一次我听别人说采购员"出门跌一跤，也抓一把土"很形象，我就提出"记者出门跌一跤，也要抓一把土"；一次我到福建采访，看到远处山坡上造林工人的标语"治山要有打虎劲，护林要有绣花心"，就提出记者要"采访勇如初生犊，写稿细如绣花妇"。后来这些成了新闻工作的流行语。

　　总之，阅读是一项综合工程。如果只是为休闲，可听之任之。如要求效果，就须泛中求精，精而能变，变而为用。读时可以浮光掠影，用时却要精心萃取。正是：浮光掠影影入心，浪花一闪激心灵。阅尽书海千里浪，用时只取一两升。

背书是写作的基本功

语文学习的方法固然很多，但我以为最基本的，也是最简便的办法之一就是背书。

一切知识都是以记忆为基础的，语文学习更是如此。要达到一般的阅读、书写水平，你总得记住几千个汉字；要进一步使文字自然、流畅、华丽、优美，你就得记住许多精词妙句；如要再进一步使文章严谨、生动、清晰、新奇，你就得记住许多体式、结构。正像跳舞要掌握基本舞步一样，只有肚子里滚瓜烂熟地装上几十篇范文，才能循规为圆，依矩成方，进而方圆自如，为其所用。至于文章内容的深浅，风格的高下，那是其他方面的修养，又当别论。

当然，只有理解了的东西才便于记忆，所以教师指导学生学习时要尽量讲清字、词、文章的含义。但遗憾的是，人脑的生理规律正好相反，年轻时长于记忆，稍长时长于理解，如果一切等理解之后再记便会"失之东隅"。因此有必要少时先背诵记忆一些优秀诗文，以后再慢慢加深理解。

　　我国古代的幼儿语文教学多用此法，现在国外教育也很注意这一点。苏联在小学低年级教材中就加进普希金的诗歌，让学生背诵。这种知识的积累方法，好比先贮存上许多干柴，以后一有火种，自然会着。

　　前不久，我在娘子关看瀑布，那飞泉后的半壁山上长满青苔葛藤，密密麻麻，随风摆动。我观察良久，总难对眼前景物加以描绘。猛然想起柳宗元《小石潭记》里"蒙络摇缀，参差披拂"的描写，何其传神！当初对这篇文章只是记住了，理解得并不深，现在通过对生活的观察、印证，便立即融会贯通。这有点像老牛吃草，先吃后嚼，慢慢吸收。但是假如牛事先不吃进草去，它闲时卧在树下，就是把自己的胃囊全翻出来，也是不会反刍出新养分的。

　　俗话说："巧妇难为无米之炊。"这文章之"炊"，就是由字、词、句之"米"组成的。要使自己的语言准确、生动，便要有足够的后备词句来供选择，这就要记要背。

　　比如那鸟的动作吧，小时作文只须一个"飞"字，就全部解决。后来背的诗多了，脑子里记下许多：燕剪春风、鹰击长空、雁横烟渚、莺穿柳带等。以后再遇到写鸟时，就很少以一"飞"字搪塞了。可现在也常遇到这种情况，那笔握在手里，却晃来晃去，半响落不下去，好像笔干得流不出墨一样，其实是脑子里干得想不出恰当的词，这时就更恨当初记得少了。

　　强调背和记，绝不是限制创造，文学是继承性很强的，只有记住了前人的东西，才可能进一步创新。古代诗文中有许多名句都是青出于蓝而胜于蓝之作。宋代词人秦观的"斜阳外,寒鸦万点,流水绕孤村",就是从那个暴君隋炀帝杨广的"寒鸦千万点,流水绕孤村"的诗中化来;王勃的"落霞与孤鹜齐飞,秋水共长天一色",则脱胎于庚信的"落花与芝盖同飞,杨柳共春旗一色"。就是毛主席诗词中也有不少如"天若有情天亦老"等取于古人的句子。

试想王勃肚子里如果不装有前人的那么多佳词丽句,绝不可能即席挥就那篇《滕王阁序》。高明的文章家在熟读前人文章的基础上,不但能向前人借词、借句,还能借气、借势,翻出新意。文章相因,从司马迁到韩愈、柳宗元,再而欧阳修、苏轼,总是在不断地学习、创造,再学习、再创造。你看,人们现在不是多记住了秦、王等后人的名篇佳句,倒忘了杨、庚等前人的旧作吗?这正说明文学在继承中前进。我们应该多记多背些最新最美的诗文,好去提高写作水平,到时也会压倒秦观、王勃的。

词汇的力量

词是文章的基本单元，文章写作的第一步就是熟悉单词、储备词汇。我们知道学外语的一个基本功是背单词，单词积累到一定程度，才能会话，才能组装成文章。中国人从小用自己的母语说话、写作，词汇的积累是一个渐进的过程，用不着像学外语那样集中突击背单词，但道理是一样的。词汇学习注意三点：一是准确把握词的含义，二是小心体察词的美感，三是积累至足够的数量。

一、准确

法国作家福楼拜有一句名言："你要描写一个动作，就要找到那个唯一的动词，你要形容一个东西，就要找到那个唯一的形容词。"在中国也有韩愈与贾岛推敲字词的故事。

文章为思想而写，只有准确的词汇才能表达准确的思想。另外，文章是艺术，要表现美，美的前提是"真"，只有做到恰如其分，才能组合变幻出美。不得其真，哪得其美。我们平常说"朦胧美"，那其实是先有一个准确的坐标，围绕这个坐标变幻而产生的美。如月亮的朦胧美首先是因为有一个真实的月亮。

无论是从达意还是从审美角度，文章写作先得从准确地掌握词汇开始。一个词语的准确，会给文章带来特有的阅读效果，这是其他手段所无法达到的。比如一个"飞"字，是鸟飞的基本动作，但对不同的鸟可以有更准确的表达。鹰，就用"击"："鹰击长空"。燕子就用"剪"："燕剪春风"。比如"波浪"与"浪波"这两个词基本差不多，但再一细品，前者比后者的力度要大一点，后者比前者柔和一点，在行文时就要推敲了。作家孙犁有一篇散文《白洋淀纪事》，里面写到村里的游击队员走了，留守的女人们"藕断丝连"，编辑改为"牵肠挂肚"，作者不干，为此打了一场笔墨官司。

写作中准确运用词汇，在消极修辞的文体如法律、文件、应用文中特别重要，用词不准就会给工作造成不利甚至带来重大损失。在美文中用得好则会增加美感，如铁板钉钉、木刻下刀，能产生干净、简洁的美。而用得不准，反会生出许多笑话。我在《人民日报》工作时就碰到过这样一篇弄巧成拙的稿子。

二、美感

　　词汇学习，除了把握其准确，还要把握它的美感。准确是指其具体内容，美感是以内容为核心而产生的神韵、气氛、效果等。好比一个人，他有具体的长相，但还有说不清的气质、风度。我们选演员时先看是不是漂亮，再看是不是有气质，这气质就是美了。漂亮和美还是有区别的。通常漂亮是指材料本身的质量，偏于具体的、实在的一面，而美则是在材料的基础上生发出来的抽象的感觉。

　　画家吴冠中讲过一个故事，他在一座古庙里远看一座佛像非常美，到近处一看，不美了，这佛像是木头做的，年久受损，满身虫眼，让人头皮发麻。它的材料已不漂亮，但远看仍不失其美，因为其结构、轮廓生的一种气度美还在。同样也可以解释，为什么有的人长得漂亮但没有风度，不能算美；有的人外表虽丑一点但很有气质，又不失其美。

　　词汇和人一样也有有形与无形的美。有形的一面是字的构成，这被书法家扩张为一门专门的艺术。无形的一面则为文章家所利用，文章的美叫"意境"，而这意境是从挖掘和运用每一个词的美感开始的。

　　词的美感来源有二。一是它在造词之初就有十分的生动感，能调动你的形象思维，产生丰富的联想，如闻其声，如见其形，有的就是一幅画、一个景、一个故事，甚至是一首歌，美在其中。特别是许多成语，如"拾级而上"，是指人上台阶，"拾"是由

"涉"转化而来，有跋涉的动感；"级"即是"阶"，但比"阶"多了群体和延伸的概念，一级一级升到高处。"拾级而上"便有了一个人连续攀登的形象。这就是词本身的美感。

第二种情况是这词在使用过程中所形成的历史背景、搭配关系，而有了一种辐射效应，如射线、磁场一样，看不见，却在起作用。陈望道先生在《修辞学发凡》中称之为词的"包晕"现象，就像要起风了，月亮周围会有一个晕圈。实际上就是词意的外延，从而产生的美感。比如"报社"和"报馆"，本质上没有什么区别，但习惯上民国时期称报馆，新中国成立后称报社，于是读者一见这词，就有时代背景的联想。

可知文章要从细心揣摩词汇做起。

三、数量

写文章如同用砖瓦盖房，当然先要有足够的备料，这就是词汇的储备。俗话说："长袖善舞，货多善贾。"作为文人，词多了才好写文章。

我过去当记者，碰到一个县里的通讯员。他写稿子时，先根据今天要写的内容，到书上、词典里找到相关的词汇，抄在一张纸上，放到桌子的右首。写到某处，没有词了就到里面找一个。这种学习精神可嘉，但并不是个好办法。不能运用自如，当然写不出好文章。

苏东坡说："吾文如万斛泉源，不择地皆可出。在平地滔滔汩汩，虽一日千里无难。及其与山石曲折，随物赋形而不可知也。所可知者，常行于所当行，常止于不可不止，如是而已矣。其他虽吾亦不能知也。"

要做到文如泉涌，一是要有思想，二是要有词汇，缺一不可。你再有思想，没有恰当的词也是白搭。还是那句话，要盖房，先备料。小学生和文学青年都有抄写积累词汇的经历，而老一辈学者则有背词典的硬功夫。汉语的词汇到底有多少，无法准确统计，语言也是一个发展着的动态过程。权威的一九九四年商务印书馆版的《现代汉语词典》共收词六万余条。

四、词汇的使用

文章最基本的单元是字，但如果要能表达一个完整的概念和含义，必须用到词。汉字的好处是一个单音字常常就是一个词，外国的拼音文字很少能做到这一点，所以文章的修炼应从词汇开始。

1. 准确使用动词和形容词

文章中的词分实词、虚词，实词主要是名词、动词和形容词。但无论实、虚，其发挥魅力的前提是要准确。好比射击运动员，只要每枪打十环就能拿冠军，而用不着像花样滑冰、花样游泳、自由体操等那样去费力玩许多特别的花样。一锤定音是最省事的方法。名词使用要准确自不待说，那是自然约定俗成的一个个概念，张冠不能李戴。而文章最出彩的地方是怎样用好动词和形容词。

动词是描述动作的。事物总是动比静更复杂，对应其状态的复杂，词汇自然也就更多，这就更要求我们去找福楼拜说的"那个唯一的动词"和"那个唯一的形容词"，也就是最准确、最生动、最有美感的词。

比如，要把一件物体分开，可以有切、砍、劈、掰、撕、铡、剪等多种动作，分别对应的就是：切肉、砍树、劈柴、掰玉米、撕纸、铡草、剪纸。这要看动作的对象，即它后面的宾语是什么；还要看主语，即动作的主体是谁；又要看现场、背景、气氛；要看作者想追求一种什么效果，等等。《水浒传》上常写到李逵挥斧砍杀，不用这个"砍"字，也就没有了李逵。

再比如你帮一个人上楼梯，可以用"扶"或"搀"这两个动词，但"扶"是你用力三四分，他用力六七分，"搀"是你用力六七分，他用力三四分。动词和其他词连用时也有分寸。比如"里"和"中"这两个方位词，同样有内中、里面、中间的含义，但是"里"具体一点，有方有棱；"中"抽象一点，圆润虚空。"这件事要保密，让它烂在肚子里"，不说"肚子中"；"他伸手摸到口袋里"比用"口袋中"更有实感。实际上每个词就像用秤称过它的重量，或者用化学试剂测过它的酸碱度，用光谱分析仪分析过它的成色，用碳-14测过它的年代一样，都有极细微的差别，以适应不同的环境和用途。

　　大致说来动词在文中用得是否准确，要看四点：对象、主体、背景、效果。文章是一个有机整体，牵一"词"而动全身。这在古典诗词中更为严格，是牵一"字"而动全身，所以古代诗人的一项基本功是炼字。杜甫"两句三年得，一吟双泪流"，卢延让"吟安一个字，捻断数茎须"。古人常有一字师的故事，现在我们写文章可以放宽点，但虽不炼字也要从炼词开始。

　　文章中动词用得好则生动、形象、有力，或庄或谐，或雅或俗，都有奇效。比如：

　　秦孝公据崤、函之固，拥雍州之地，君臣固守，以窥周室。有席卷天下、包举宇内、囊括四海之意，并吞八荒之心。

　　　　　　　　　　　　　　　　　　　　　──贾谊《过秦论》

　　这是古文经典《过秦论》中的一个名句，得力于连用席卷、包举、囊括、并吞四个气势磅礴的动词，文章的力量和气势也就永远地定格在文学史上。

　　若问我的膏药……内则调元补气，开胃口，养荣卫，宁神安志，去寒去暑，化食化痰；外则和血脉，舒筋骨，去死肌，生新肉，去风散毒。其效如神，贴过的便知。

　　　　　　　　　　　　　　　　　──曹雪芹《红楼梦》第八十回

这是小说经典《红楼梦》中王道士吹自己膏药的一段话，全是动宾结构，而且动词与宾语的比例几乎达到一对一，生动、诙谐扑面而来。

再说一下形容词的使用。形容者，外表也，形体、容貌、势态。所以形容词常和名词、动词连用。本来最简单的动宾结构就能说明事物，如果再加形容就更魅力无穷，更好看，更生动，内涵更丰富，好比是素描稿上了颜色。"他走在路上"，可以；"他愉快地走在路上"更生动。"她笑了"，可以；"她笑得像一朵花一样"更好。显然，稍加形容就立见光彩。

无论是客观形态还是人的心理，都是复杂的，如"笑"有微笑、大笑、苦笑、窃笑、嬉笑等；怒，有大怒、震怒、恼怒、愠怒等。用形容词是为了表现作者主观想要强调的一面，好比用一个多棱镜，折射出不易看到的那一束光彩。形容词的作用与名词、动词的不同点是，它更强调主观色彩。以绘画比，名、动词是线条，形容词是颜色。名词，动词，形容词，是一个逐渐从客观到主观，从静态到动态的过渡。形容词最能体现作者的心理，也最能煽动读者的情绪。一篇文章全部用名词是写不出来的，只用名词和动词勉强可以，但不会生动，不美，特别是少情感之美。只有名、动、形兼用才能动起来，美起来，才能达到作者与读者的交流和共鸣。比如作者下面这两段写夏与秋的文字：

充满整个夏天的是一个紧张、热烈、急促的旋律。

好像炉子上的一锅冷水在逐渐泛泡、冒气，而终于沸腾一样。

山坡上的芊芊细草渐渐滋成一片密密的厚发，林带上的淡淡绿烟也凝成了一堵黛色的长墙。轻飞曼舞的蜂蝶不见了，却换来烦人蝉儿，潜在树叶间一声声地长鸣。火红的太阳烘烤着金黄的大地，麦浪翻滚着，扑打着远处的山、天上的云，扑打着公路上的汽车，像海浪涌着一艘艘的船。金色主宰了世界上的一切，热风浮动着，飘过田野，吹送着已熟透了的麦香。那春天的灵秀之气经过半年的积蓄，这时已酿成一种磅礴之势，在田野上滚动，在天地间升腾。夏天到了。

——《夏感》

这花毯中最耀眼的就是红色，坡坡洼洼，全都让红墨汁浸了个透。你看那殷红的橡树、干红的山楂、血红的龙柏，还有那些红枣、红辣椒、红金瓜、红柿子等，都是珍珠玛瑙似的闪着红光。最好看的是荞麦，从根到梢一色娇红，齐刷刷地立在地里，远远望去就如山腰里挂下的一方红毡。

点缀这红色世界的还有黄和绿。山坡上偶有几株大杨树矗立着，像把金色的大扫帚，把蓝天扫得洁净如镜。镜中又映出那些松柏林，在这一派暄热的色彩中泛着冷绿，更衬出这酽酽的秋色。金风吹起，那红波绿浪便翻山压谷地向天边滚去。登高远望，只见紫烟漫漫，红光蒙蒙，好一个热烈、浓艳的世界。

——《秋思》

我们可以仔细品一下，作者与读者的交流是在大量的形容中完成的，如果只用名词、动词就不能有这个效果。夏与秋对人来讲会有各种感觉，如夏之烦躁、酷热、湿闷，秋之悲凉、寂寞、冷清等，但作者单取了夏之热烈与秋之浓艳，靠相关的形容词表现出来，只让你看夏或秋的这一面。这是一种阅读诱导，你不自觉地就中了他的埋伏，跟着作者的喜怒哀乐去了。

2.合成词和组合词的运用

现代汉语中有单纯词，只能代表固定的概念，如江、海、山、沙发、秋千等。有合成词，虽然由单纯词合成而来，但绝大部分情况下仍然有一个固定的概念，如天地、邮局、学习等。文章为了新鲜就要能打破这种旧的概念，在词的外形、内涵上给人耳目一新的感觉，要重新合成。在合成词中有一类"偏正合成词"，前面为偏后面为正，用形容词、副词等修饰后面的名词或动词，这个词一下子就生动起来。

就像写书法，不能总是横平竖直，那样就成了印刷体。而常常是左低右高，上大下小，险中求奇地揖让呼应。又好比红花配几片绿叶，歌手配一个乐队。一个或几个辅助词与一个主要词组成一个合成词，就是一个信息容量大的部件，好比电脑里的一个芯片。这样，用一个词或词组来表达复杂的内容和情感，实际上就是在用词去完成句子的功能了，文章自然就容量大，而且干净、生动。

这有两种情况。一是一个副词与一个动词的简单组合，如：

当我以十二分的虔诚拜读文物柜中的这些手稿时，顿生一种仰望泰山、遥对长城的肃然之敬，不觉想起……

——《最后一位戴罪的功臣》

大家便准备上车走路。但那玩蛇的汉子拦住路不肯放行，说少给一点也行，又突然将夹在腋下的竹盘一翻，那蒙在布里本来蜷成一盘的蛇突然人立前身，探头吐信，呲呲逼人。

——《到处都伸出一双乞讨的手》

这里"仰望""遥对""人立"（像人一样立起来）都是副词、动词的组合，也有形容词、副词等加名词的，如"春江""悲秋"等，都是用一个副词去对主词辅助一把，立使一个动作、一件事物、一个景增加了不尽的意境，有了心理和情感上的色彩。

第二种情况，这种组合是一连串动作的缩写，是一个词或词组对一个主要词（名词、动词）的修饰组合，通常多用副词"而""及""于"等连接。如："仰药而亡"，是仰着脖子喝药自杀的缩写。这四个字里"亡"是动词，是主词，是结果。前面有个过程，喝药，喝与亡是两个动作，两个动词，这里却故意省掉"喝"这个动词，用"仰"来代替，"仰"本来是修饰"喝"的，现在只说"仰"以副代主。从后面与"药""亡"的关联中读者完全能理解自杀的本意，词中却无杀字。从形象上更含蓄、生动，从心理上又多了决绝、无奈、痛惜、感慨等效果。这四个字，足可以代替一段文字。类似的如鹤步而行、拾级而上、戛然而止等。

有时没有现成的组合词，作者就临时创造。这样更见个性和风格。你创造得好，别人就承认、就学习，文字就这样一代一代地发展丰富。如著名的《岳阳楼记》开头说：

　　庆历四年春，滕子京谪守巴陵郡。越明年，政通人和，百废俱兴，乃重修岳阳楼，增其旧制，刻唐贤今人诗赋于其上，属予作文以记之。

政通人和、百废俱兴这两个词因范仲淹的这篇文章而传扬后世，它是一个社会局面的缩写，是用动宾结构组成一个词，容量就很大。再如下面的句子：

　　当地风俗"谁家昨日添新鬼，一夜歌声到天明"。你看那个主唱的男子，击鼓为拍，踏歌而舞，众人起身而合，袖之飘兮，足之蹈兮，十分洒脱。生死有命，回归自然，一种多么伟大的达观。仿佛到了一个生死无界、喜乐无忧的神仙境界。

——《心中的桃花源》

击鼓为拍、踏歌而舞、起身而合、生死无界、喜乐无忧都属于这样的词组，一组词就是一个画面、一个境界。

以上是写动作的，再看这一段写静物的用词：

　　我选了一块有横断面的石头，斜卧其旁，留影一张。石上云纹横出，水流东西，风起林涛，万壑松声，若人之思绪起伏不平，难以名状。

脚下一块大石斜铺水面，简直就是一块刚洗完正在晾晒的扎染布。

——《长岛读海》

水流东西、风起林涛、万壑松声、起伏不平、难以名状，这几个词极有动感，但都是在写一块静的石头。当然，造词时要十分小心，不能生造。

汉唐文章庄重典雅，许多组合词汇已作为文化遗产进入词典，现在仍然使用。如"拾遗补阙""救死扶伤"（司马迁语），"鞠躬尽瘁，死而后已"（诸葛亮语），"载舟覆舟""居安思危"（魏徵语）。中国古典小说中《金瓶梅》内容虽有所碍，但因其更市民化、世俗化，用词也就更活泼、更生动。潘金莲在西门庆眼里第一次出场是"翠弯弯的新月的眉儿，清冷冷杏子眼儿，香喷喷樱桃口儿"，一连几个叠词写出潘的妖美和西门的浮浪。而她在月娘眼里第一次出场是"眉似初春柳叶，常含着雨恨云愁；脸如三月桃花，暗带着风情月意"，却又美得娇艳，将她往回搬正了几分，也暗写了月娘的慈善、公允。同样是一个描写对象，因了视角不同，就用不同的形容词来制造不同的氛围和效果。文言、电文之所以含蓄、精练，口语之所以生动、活泼，首先是词汇风格的不同。

用词的讲究不只是在文学语言中，就是公文中也常斟酌分寸，表情达意。

　　我们可以设想一下，一篇文章从选词、用词开始（古人叫遣词，像元帅运筹帷幄调兵遣将一样深谋细虑）就很讲究，这文章是怎样的功夫了。它美得细密，美得扎实。又像一个艺人织地毯，别人是精选图案，他却先要精选每一缕丝线，并对之进行加工，一出手就与众不同，在用线上就先玩出了一个花样、一个绝活。又好比两个美女比美，一个是单眼皮，一个是双眼皮，在美的细部上先就拉开了差距。这就是词汇的力量。

秋月冬雪两轴画

　　有一种轴画，且细且长，静静垂于厅堂之侧。它不与那些巨幅大作比气势、争地位，却以自己特有的淡雅、高洁，惹人喜爱。在我国古典文学宝库中，就垂着这样两轴精品，这就是宋朝苏东坡的《记承天寺夜游》和明朝张岱的《湖心亭看雪》。

　　凡文学，总要给人一种美。然而这美的塑造，于作家却各有各法。

　　秋之美，大抵是因了那明月。和刺目的阳光比，月色柔和；和沉沉的黑夜比，月色皎洁。月光的色相大致是青的，它不像红那样热，也不像绿那样冷，是一种清凉之色，有一种轻柔之感。人们经过一天的劳作后，在月光下小憩，心情自然是恬静、明快的。月色给人以甜美。

　　道理虽这样讲，但文学是要靠形象来表达。苏东坡只用了十八个字，就创造出了这个意境：

　　　庭下如积水空明，水中藻荇交横，盖竹柏影也。

庭、水、藻、荇、竹、柏，他用了六种形象，全是比喻。先是明喻，"庭下如积水空明"。月光如水，本是人们用俗了的句子，苏轼却能翻新意，而将整座庭子注满了水。水，本是无色之物，实有其物，看似却无，月光不正是如此吗？"空明"二字更是绝妙，用"空"去修饰一种色调，出奇制胜。第二句用借喻，以客代主，索性把庭中当作水中来比喻，说"藻荇交横"，最后总之以"盖竹柏影也"，点透真情。这样先客后主，明暗交替，抑抑扬扬，使人自然而然地步入了一片皎洁、恬静的月色之中。柳宗元写《小石潭记》，以池清之如无水作比；苏轼写月，反以庭明之如有水来作喻。异曲同工，看来文章要精，要活，就要善于诉诸形象。

月光是青色的，人们在月光下尚可看到一些朦胧的物；而雪则干脆是白色的，白得什么都没有。花红柳绿，山川形胜，统统盖在一层厚被之下。再加上寒气充塞天地，生命之物又大都冬眠和隐遁。这时给人的感觉是清寒、广漠、辽阔、纯洁。春光有明媚的美，这雪景也另有一番清冷的美。

张岱是用四十二个字来创造这个意境的：

雾凇沆砀，天与云与山与水，上下一白，湖上影子，惟长堤一痕、湖心亭一点，与余舟一芥、舟中人两三粒而已！

他这里没有像苏轼那样借几个形象来比，偌大个全白世界，用何作比呢？作者用直写的手法，高屋建瓴，极目世界，突出一个白字："天与云与山与水，上下一白"，三个"与"字连用得极好，反正一切都白了。由于色的区别已无复存在，天地一体，浑然皆白，这时若偶有什么东西裸露出来，自然显得极小。而这小却反衬了天地的阔。天地的清阔，则又是因为雪的白和多。这正是其中的美和趣。作者是怎样写出这种美感和情趣的呢？他无多笔墨，而是精选了几个量词：痕、点、芥、粒。

按照陈望道先生的辞趣之说，语词本身就带有自己的历史背景和习惯范围。这恰如一种无形的磁场。我们只要说出一个词语，自然就能勾起人们的一大堆联想。这痕、点、芥、粒，本是修饰那些线丝、米豆之类的细微之物的，如今却移来写堤、亭、舟、人。毋庸多言，它们自然也就变得极小，那天地自然也就极阔了。陆游说，功夫在诗外，这里实在是功夫在"词"外。这功夫从文章的最基本单元——词做起，文章哪能不精？

这两则短文的妙处正在这里，它们像那纤细的画轴，追求的是一种精美。

文章之精，也易，精雕细刻、反复推敲就是了。但难的是如行云流水，精巧而又不露斧凿之痕。这两篇短文都是作者的随手笔记，并不是他们的勠力之作。正因为如此，才现其自然之美，也见其功夫之深。

文章是写景，但都先不点景，一个写解衣又起，一个写买舟下湖，使读者随作者自然地步入景中。当笔锋点到景时，也是求其自然。苏东坡记文与可画竹之法："画竹必先得成竹于胸中，执笔熟视，乃见其所欲画者，急起从之，振笔直遂。"写文也应如此，统观全局，眼前之最熟稔于心，然后用写意笔法，一挥而成。苏轼写月，开头就是"庭下如积水空明"，一下就把你推入月光之下，那竹柏影就在你的头前身后婆娑摇曳。张岱写雪："天与云与山与水，上下一白"，巨笔如椽，直扫天际，让你视野与心胸顿然开阔，一饱冬雪之美。看到什么写什么（如月光空明、天地皆白等），自然成文；想到什么写什么（如竹、柏似藻、荇，堤、亭、舟成痕、点、芥），顺理成章。刘勰说："目既往还，心亦吐纳。"作者是成"景"在胸之后，将景和情融在一起，于笔端自然地流泻出来而为文的。景不生造，情不做作。

这两文的作者，当时一被贬在黄州，一隐居山中，他们所抒的情自然是一种闲情。他们塑造的美，也是一种清雅、超逸的美。当然，同是月色、雪景，我们还可以塑造出各种各样的美。但这不必苛求古人，小小画轴自有它自己美的价值。

【附】

记承天寺夜游

苏 轼

元丰六年十月十二日夜，解衣欲睡，月色入户，欣然起行。念无与乐者，遂至承天寺，寻张怀民。怀民亦未寝。相与步于中庭。庭下如积水空明，水中藻荇交横，盖竹柏影也。何夜无月？

何处无竹柏？但少闲人如吾两人者耳。

湖心亭看雪

张 岱

崇祯五年十二月，余住西湖。大雪三日，湖中人鸟声俱绝。是日，更定矣，余挐一小舟，拥毳衣炉火，独往湖心亭看雪。雾凇沆砀，天与云与山与水，上下一白，湖上影子，惟长堤一痕、湖心亭一点，与余舟一芥、舟中人两三粒而已！到亭上，有两人铺毡对坐，一童子烧酒炉正沸。见余大喜曰："湖中焉得更有此人！"拉余同饮。余强饮三大白而别。问其姓氏，是金陵人，客此。及下船，舟子喃喃曰："莫说相公痴，更有痴似相公者。"

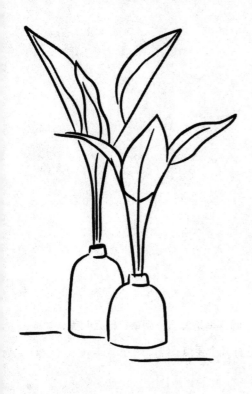

第四章

什么是美

什么是美

审美文化，是艺术文化。回答美是怎么一回事，什么叫美，怎样才美，美有什么用，有这样几个要点。

美是人的本性

这个本性甚至可以追溯到动物性，你看孔雀的羽毛、老虎的花纹无不求美。公鸡好看，是因为母鸡爱美，对它长期追求、筛选的结果。爱美不要什么理由，也不受时代、阶级、环境的限制。原始人就知道用兽骨制成项链，还在岩壁上画画，后来又在陶器上画各种花纹、图案。只不过是随着文化的进步，人的精神世界的丰富，美的内容、层次也在发生变化。

美是与人类的成长同步的，一部美学史即是一部社会发展史。人的爱美之心是人发展完善的一种动力，我们要承认这种本能，人的本性是不能剥夺的，正如饿了就要吃东西的食欲，不懂就要学习的求知欲，看到美的人、美的物、美的作品就喜欢的审美欲。既然人人都爱美，都有这个本性，反过来就人人讨厌丑，不管是外表形式的丑，还是内在的精神方面的丑。当然谁也不愿被人讨厌。于是为了自己的美和欣赏外部的美，就生出一门美学，研究怎样才算美、才能美。

美的用途

农村里的一些老人常说年轻人："描眉画红（口红）有什么用？"从发展生产、多打粮食来讲，确实没有用。美这个东西，既不实用，也不深刻，只作用于人的情感，让你愉悦、兴奋、激动、忧伤，改善情绪。作用于精神世界，提高道德修养。就像人身上的经络系统，没有血管、骨骼那样具体，看不见摸不着，却在起着很重要的沟通、维系作用。

美学老祖宗黑格尔把人与外界的关系分为三种。

一是欲望关系。消灭它或利用它，以满足自己生命的需要，是针对一个具体的完整的事物。比如你又渴又饿，看见一个苹果就想吃掉它，这时需要的不是欣赏。他幽默地说，你要是想使用一块木材或吃一种动物，画一个就不能满足。中国成语有画饼充饥，就是说欣赏代替不了实用。

二是思考关系。并不要消灭它，而是研究它，找出事物规律、概念。如我们研究数学、物理的公式定理，只是要弄懂它，并不想吃掉它，也不是欣赏它。当我们解剖一只老虎时，注意力在研究它的结构功能上，而不是如在野外欣赏它漂亮的花纹和奔跑的姿势。

三是审美关系。既不吃，也不深入研究，只是满足求美的心理，欣赏它。黑格尔称为"满足心灵的旨趣"。所以，美针对的既不是具体事物的全部，也不是它内涵的、抽象的道理（概念、本质、规律），而是外表的、具体的形式（形状、颜色等），通过形式让人愉悦（不是具体的实用，也不是抽象的思考）。

音乐、美术、诗歌都是形式艺术，不管实用，只管审美。专门调节人的观感、情绪，进而修炼人的道德，这就是美的用途。我们无论是看画、听音乐、游山水，都能产生或宁静、安闲，或激动、振奋的心情，这就是审美、享受美。它不像具体的食物让你长身体，也不像普遍的理性让你长思想，而是让你知道怎样把自己修炼得更美，好让别人喜欢，同时你也得到尊重和方便。也让你懂得怎样去欣赏和享受外部世界的美，尊重别人。

怎样才美

一是美在真实。审美既是解决人情感上的问题，而情感是最不能被欺骗的，所以美的前提是真实。有一个真实的故事，一美女爱一靓男，后结婚。男说，我从小就没有沾过厨房的边，不会家务，女说，我侍候你。两人生活了十年。一次女出差，提前到家，发现他在厨房做菜，非常熟练。原来是为不干家务竟伪装了十年。女大怒，立即离婚。

生活中先真才会美。人喜欢真山、真水、真花，讨厌假景。有人说话时对你拿腔拿调，嗲声嗲气，你就浑身起鸡皮疙瘩。许多作秀、表演已让人恶心，怎么可能再去服从和追随他。

二是美在结构。这要说到外美和内美。外美，指形式的美。当事物的外形构成一种和谐比例时，看着就舒服，这就是美感。人的美，首先是五官、身体四肢的结构合理、和谐。书法的美，先讲笔画的间架结构；图画讲构图、色彩搭配；音乐是音符音色的结构配合。山水美是青山绿水、红花绿叶、石硬水柔、天高地阔、风动枝摇、花香蝶舞等自然元素的搭配。但这结构不是平均分配，常会有主次，有个性。比如我们说那个姑娘有一双漂亮的大眼睛，这正是她的个性，她的亮点。书法中的行书、草书就打破了楷书的平稳，追求结构变化、个性化，常一笔出人不意，于是美就变化无穷。

内美，指人的修养、精神之美。也是讲结构，文化结构，人的知识、思想、道德修养等精神方面的结构，从而分出高尚与卑下，丰富与贫乏，高雅与粗俗，等等。知识丰富的人有一种从容与幽默的雍容之美，思想敏锐而有个性的人有一种勇敢与坚强的阳刚之美。但如果有一方缺失，也会结构失衡而立马变丑。历史上曾有诺贝尔奖得主跟随希特勒，好莱坞影星偷东西，都是内丑而不是外丑。

漂亮不一定美。漂亮经常是指表层的感觉，而不涉及深层结构。比如一个人穿一件粗麻布衣服，当然不如绸缎衣漂亮，但是如果衣、裙、鞋、帽搭配恰到好处，仍然美。布衣荆钗，仍不失其美。如果她的知识、才艺、思想等内在结构更丰富合理呢，就有了风度美、精神美。经常有一些很漂亮的女人，如电影明星却过单身生活，别人奇怪，怎么这样的人还没人要呢？如果男女找对象只是双方外表的结构搭配那就最好办了。但人这种东西很复杂，他还有内在结构。不是美女不漂亮，是她的内在精神，知识、精神、脾气等，和对方形不成合理的结构，互相觉得不美。

三是美在距离。美既不解决实用（不会上去吃一口）的问题，也不解决研究（不去解剖实验）的问题，只是欣赏，于是就要有一定的距离。我们在画廊看大画总是要退后几步看。正如《爱莲说》里讲的"可远观而不可亵玩焉"。未结婚前看恋人，怎么看，怎么美，因为有距离。两人一结合后才发现问题不少，没有距离了。正因为有距离，审美才脱离了实用方便的庸俗的作用，而有了道德上的、艺术上的意义。

道德是一种行为规范，一种自我约束。我们看见一朵漂亮的花，知道只能看，不可摘。虽然也有占为己有的欲望，但又有道德良心来克服这种欲望，于是就会保持一定的距离，这样才美。人和人的交往彼此保持一定的距离，会给对方留下美好的印象。有时亲密接触，知道了对方的许多缺点，就不觉美了。因为这时距离太近，如黑格尔所说，你已不只是欣赏关系而有了实用关系和研究关系。看山水也是这样，"横看成岭侧成峰"，有许多朦胧变幻的美，你一旦走进山肚子里可能又不觉得美了。朦胧是一种美，而距离正是实现它的一个重要前提。

　　美只管形式，不管内容，但它可以和内容结合成更复杂的形式组合，达到更高层次的美，内外一致的美。在物品，如既实用又美观的设计；在人，则是外美加上内在的思想和能力，如居里夫人；在科学和思想研究，则是深刻的哲理加上简洁优美的形式，如爱因斯坦的相对论公式，如范仲淹表述忧国思想的名句"先天下之忧而忧，后天下之乐而乐"，当然还有更多的好诗、好画、好歌。

线条之美

我第一次对线条感兴趣，是有人送了我一个细长的瓶子，里面装着一种很名贵的牡丹油。但我"买椟还珠"，目不见油，竟被这个瓶子惊呆了。它的设计非常简洁，并没有常见的鼓肚、细腰、高脚、束口等扭扭捏捏的俗套。如果把瓶盖去掉，就剩下左右两条对称的弧线。但这线条的干净，让你觉得是窗前的月光，空明如水；或是草原深处的歌声，直飘来你的心底。我神魂颠倒，在手中把玩、摩挲不停。工作时置于案头，常会忍不住抬头看两眼。家里人说，你晚上干脆就抱着那油瓶睡觉去吧。

初中学几何时就知道，空间中先有一个点；点一动，它的轨迹就生成了一条线。所谓轨迹者，只是我们的想象，或者是一物划过之后，在我们的脑海里的视觉驻留。原来这线条的美正在似有似无之间，是自带几分幻美的东西。主客交融，亦幻亦真，天光云影，想象无穷。正是因了它的来无踪，去无影，永不停，却又永无结果，也就永不会让你失望。线条，一种虚幻的、没有穷尽的，可以寄托我们任何理想、情感和审美的美。

点动生线，线动生面，在大千世界里，这线永处于一种过渡之中。当它静卧于纸面时就含而不露，或如枪戟之威，或如少女之娴；而一旦横空出世，就如羽镝之鸣，星过夜空。这线内藏着无尽的势能与动能。所以中国画的白描，不要颜色，也不要西画的透视、光影，只需一根线，就能表现出人物的喜怒哀乐、山水的磅礴雄浑。那线的起落、走势、轻重、弯曲等，居然能分出几十种手法，灵动地捕捉各种美感。叶落霜天，花开早春，大河狂舞，烈马嘶鸣。确实在大自然中，从天边群山的轮廓，到眼前的一片树叶、一枚花瓣，都是曲线的杰作。无论平面还是立体的艺术，一线便可定格一个美丽的瞬间，同时也吐纳着作者内心的块垒。曹植的《洛神赋》："翩若惊鸿，婉若游龙。荣耀秋菊，华茂春松。仿佛兮若轻云之蔽月，飘摇兮若流风之回雪……秾纤得衷，修短合度。肩若削成，腰如约素。"简直是一幅美人线描图。张岱的名篇《湖心亭看雪》，写雪后西湖的风景："天与云与山与水，上下一白，湖上影子，惟长堤一痕、湖心亭一点，与余舟一芥、舟中人两三粒而已。"你看一痕、一点、一芥、两三粒，虽是文字，作者却如画家一般纯熟地运用了点和线的表现手法。

线条既然有这样的魔力，便为所有艺术之不可或缺，或者算是艺术之母了吧。最典型的是书法艺术，洗尽铅华，只剩了白纸上一丝黑线的游走。那飞扬狂舞的草书，漏痕、飞白、悬针、垂露等等，恨不能将人间所有的线条式样收来，再融入作者的情感，飞墨于纸。或如晴空霹雳，或如灯下细语。就这样牵着人的神经，几千年来书不完、变无穷、说不够、赏不尽。再如舞蹈，一个舞蹈家的表演实际上是无数条曲线在空间做着力与势、虚与实、有与无的曼妙组合，不停地在我们的脑海里形成视觉的叠加。正如纸上绝不会有两幅相同的草书，台上也绝不会有两种相同的舞姿。这永不休止的奇幻变化，怎么能不教你的神经止不住地兴奋呢？至于音乐，那是声音加时间的艺术，是不同声音的线条在不同时间段上的游走，轻轻地按摩着我们的神经，形成听觉上的驻留。所谓余音绕梁，三日不绝。其实那梁上绕着的是些乐谱的彩色线条。

线条魅力的最高体现在于我们的人体。这不但是艺术家之着力研究、创作的对象，就是一般的女孩子甚或广场上跳舞的大妈也在留意三围、身段之类的美感。美容手术中最常见的便是去拉一个双眼皮，让你顿生光彩，信心倍增。而它只不过是在眼睛的上方轻轻地加了一痕。就这一"痕"，画线点睛，鱼跃龙门。而烫发，也不过是让直发变曲，就这一"曲"，回头一笑百媚生。中国古典小说中凡关于美女的描写，几乎都是线条的展示。静态时嗔鼓粉腮、娇蹙蛾眉；动态时轻移莲步、风摆柳腰。就是一个女子忍不住妒火中烧，骂对方为小妖精、狐媚子时，仍然脱不了借用线条，妖狐其身，泼洒醋情，却又暗认其美。而男子的阳刚、伟岸、英俊，也无不是因为线条的明朗有力。

凡一物都有多宜性，如土地可种田亦可盖房、筑路、造林。人，除作为生产力的第一要素，还是世间高贵的审美对象。世界杯足球赛时，许多女孩子都熬夜看球。我说，你们又不踢球，如何这样关心？她们说："你不懂，我们不是看球，而是看人。"

确实，那飞身一跃、腾空倒钩、贴地铲球、临门一脚，足以勾起
女孩子心里的英雄崇拜。当一个人被用来审美时，其外形能使他
人产生妙不可言的愉悦、发自内心的欢喜或一种不能自拔的相思。
这全都归功于那些活泼流动而绝不重复的线条。莫泊桑说女人的
美丽便是她的出身。燕瘦环肥，昭君端庄，貂蝉妖媚，女人身上
个性无穷的魔幻之线就是她们的身份证。当一个男子爱美女修长
飘逸、婀娜多姿的线条时，也会着意修炼自己虎背熊腰、铁肩铜
臂式的线条。郭兰英唱："姑娘好像花一样，小伙心胸多宽广。"
奚秀兰唱："阿里山的姑娘美如水呀，阿里山的少年壮如山。"
这些都是在说他们身上阴柔至美或阳刚至强的线条。

　　马克思说："人和人之间的直接的、自然的、必然的关系是
男女之间的关系。"异性相吸，在很大程度上可以理解为不同线
条的互补与重组。所谓相亲，第一眼就是相看对方线条之比例、
走向、明暗。天庭饱满，地阁方圆；明眸皓齿，顾盼生辉。所谓
一见钟情，就是一下落到了对方用有形、无形的线条织成的网兜
里，再也挣逃不脱。人类就是这样以爱的理由在一代一代的相互
筛选中，告别猿身猴相，走向完善美丽。于是就专门产生了美术
界的人体绘画、摄影、雕塑；舞台上的舞蹈、戏剧、模特；竞技
场上的体操、健美、杂技，等等。这些都是人对自身形体线条的
欣赏、开发与利用。你看，为了突现身材的线条，便发明了旗袍、
短裙、泳装；恨手臂之线条不长，就发明了水袖，在台上起舞，
挥洒人间，好不痛快。

　　线的魅力不止于具体的人或物，还常常注入主观精神，可囊

括一个时代，代表一个地域，成了一个国家或一段历史的符号。秦篆、汉隶、魏碑、唐楷，还有春秋的金文、商代的甲骨，这每一种字体的线条，就是贴在那个朝代门楣上的标签。新中国成立之初，林徽因受命参与设计国徽与人民英雄纪念碑的浮雕。其时她已重病在身，研究出方案后便让学生去画草图。一周之后交来作业，她只看了一眼，便大声说："这怎么行？这是康乾线条，你给我到汉唐去找，到霍去病墓上去找。"多年前，当我初读到这段资料时就奇怪，只用铅笔在白纸上勾出的一根细线，就能看出它是康乾时期，还是大汉、盛唐？带着这个疑问，我终于在去年有缘亲到霍去病墓上走了一趟。那著名的《马踏匈奴》，还有石牛、石马等作品，线条拙朴、雄浑、苍凉，虽时隔两千年，仍然传递着那个时代的辉煌、开放、不拘一格与国家的强盛。康乾时期中国的封建社会已是强弩之末，线条繁缛奢华，怎能表现当时新中国的如日初升呢？

美哉！博大精深的线条。

我看舞蹈的美

　　舞之美，是人的美。它是一种艺术，当然有艺术美，但它所假之物并不是声、色、字、词，而是天生的。自然存在的人，因此它首先是一种自然的美，它努力挖掘人的灵秀之气，给人一种高级的美感。我国第一个提倡使用模特儿的美术教育家刘海粟先生说过：美的要素有二，一是形式，二是表现。人体充分具有这二要素，外有美妙的形式，内蕴不可思议的灵感，融合物质的美和精神的美的极致而为个体，所以为美中之至美。当我们看着舞台上那舞动着的美人时，她（他）举手、投足、弯腰、舒臂，那美的形态、身段、轮廓、线条，恰好表现了美的内蕴、美的感情，而不必借助什么道具。

　　当然，舞台上的演员不同于画室里的模特儿。舞蹈除自然美外，更重艺术美，于是便要讲到衣饰。但这衣饰绝不像旧戏那样给人套上死板的程式，也不像话剧那样过分地写实。它是绿荷上的露珠，是峭壁上的青藤，是红花下的绿叶，是翠柳上的黄鹂，是一种微妙的附着。它不过是为了揭示舞者美的存在，像几片白云说明天空的深蓝；它不过是为了衬托舞者美的形象，像流水绕过幽静的山冈。在舞台上作为外形之物，无论是先天的人体，还是后来补充的服饰，在形、体、色、质上都有极美的苛求，真可谓"四美具，二难并"，从而汇成一种更理想、更美的"形"。为了表示飞动，西方艺术中有一种小天使，胖墩墩的孩子，两胁下却生出一对肉翅，显得十分生硬。这何如我们敦煌石窟里的飞天，窈窕女子，肩垂飘带，升起在天空。人着衣披带本是很自然的事，但这自然的衣着，顿使沉重的人体化为轻捷的一叶，潇洒、舒展、轻盈、自如，满台生风。人外形的美、内蕴的美，都因那轻淡饰物的勾勒与揭示而成一种美的理想、美的憧憬而挥发开来。国画界有以形写神与以神写形之争，从这个角度观之，舞者真是靠自己的外美之形来写内美之神了。

再者，飘动的舞者，又绝不是静止的雕像，所以造型美外，更讲情感。这便要借助音乐。本来，演员在那铃响幕启之前，是先在体内储满一汪情感的，上台后全待那乐声的煦风拂来，才摇曳荡漾，粼粼生辉。乐声之于舞，如松涛上的清风，如干柴上的火焰，如桂树林间的香馨，如钱塘江面的大潮。当我们耳闻乐声而目观舞台时，更多体味的已不是形、色、物、体，而是神，是情，是韵，是一种充蕴全场、流动飘浮、深幽朦胧的美，是一种逆接千古、延绵未来、辽阔久远的美。当斗牛士的乐曲响起时，那狂热的西班牙舞步，便是催人上阵的鼓点，我们激动、昂奋，仿佛一场决斗就在眼前；当《康定情歌》飘过时，那冉冉的舞影，便是夏日给人小憩的阴凉，我们的心头一片静谧、惆怅，就像仰卧在康定草原上，看月亮弯弯。这时，长袖在台上飘动，音符在空中隐现，舞者所内蕴外观的美，一起随着乐声融为一股感情的潮流，在观众的前后左右穿流激荡。对观众来说，现在已不是观看，而是在闭目听，凝神想，用心，用身，去与演员交流了。这时再看台上的演员，观众已经绕过直观而通过她心灵深处的那一泓秋水，在波光中照见了一个是她，但比她更美的形象。这便又是以神写形了。

我们知道，在客观世界上，存在着许多的美：大自然千姿百态的美；几何图形整齐组合的美；孩童天真烂漫的美；中年精壮强健的美；老者深熟沉静的美；美术家的色彩线条美；音乐家的声音和谐美；连被一般人认为最刻板的自然科学，也有它的"工程美"；连最枯燥的哲学，也有它的哲理美。这些美都是不同的人，在各自不同的环境与条件下，乐而自得的。而舞蹈，是一种真正以生命自身来塑造的艺术，因此它也最有灵性。舞者，是一面镜，能照出各人的影；舞姿，是一阵风，能拂动各人的情；舞台，是一面大的雷达，能接收与反射各人的思想。当我们在大剧场里落座，四面灯光渐暗，乐声轻起，台上演员翩跹起舞时，我们便一下获得了一种共同的美。你看她一笑一颦，一起一停，一甩手投足，挺拔、秀丽、高朗、愁忧，仿佛社会上一切美的物、美的情，这时全都聚在她的身上，成一团美的魅力。她早已不是她自己，而是一位法力无边的美神。她翻起人们的回忆，惹动人们的情思，牵动整个美的世界。这时平日里在你心中储存着的一切美好的形象，清风明月夜，风和日丽春，小桥流水，百鸟啭鸣，都会突然闪现在你的眼前，泛起在你的脑海。刹那间美的信息开始了奇妙的交流。

本来，舞蹈就是因人内心情感的摇荡而不由得手舞足蹈。明月当空，花间的李白无亲自怜，便起舞清影，举杯邀月；大江上的曹操有雄兵百万，就横槊赋诗，酾酒江心。今舞者，正是从人们平常不自觉的动作中，抽出最美的、规律性的东西，以衣具饰之，以音乐和之，酿成一股酒香，反过来荡摇人的感情。所以，老者现舞，会生还少的乐趣；少年观舞，会陷入一片深沉；科学家在这里能为自己的规律找到美的表述方式；哲学家在这里能为自己的哲理找到美的形象。怀素和尚观公孙大娘一舞而得书法之精妙，杜甫观公孙弟子之舞而有华章传世。人们与其说是在欣赏舞蹈，不如说是在发现与升华自己潜在的美的意识、美的素养。因为，无论是演员还是观者，他们都是最有灵感的高级生命。虽说表演艺术中还有话剧，但它主要靠台词；还有戏曲，但它主要靠唱腔；还有电影，那便更要借助许多手段。只有舞蹈是纯靠人的外形与内蕴。它的美，实在是特别的。

山水为什么有美感

　　人与自然的交流是一个永恒的话题。人从自然中索取物质，维持生命，同时又从它身上感悟美感，培养审美能力。大自然靠什么给人以美感呢？它蕴含有许多美的要素，如对称、和谐、奇巧、虚实、变化、新鲜，等等。这些要素我们在人类的精神产品中，如小说、戏剧、绘画、音乐中都可以找到，而在大自然中早就存在，并且更为丰富。这些东西再简化一点就是三样：形状、颜色、声音。形、色、声这三样基本东西经对称、和谐、奇巧等的变化组合，就出现无穷无尽的美。美的要素在自然中最多，远远多于人为的创造，所以艺术强调师法自然，杜甫说"文章本天成，妙手偶得之"，刘海粟十上黄山"搜尽奇峰打草稿"。

　　客观的景物和人怎样沟通、交流、融合而共同创造一件艺术品呢？是通过人与自然的交流，通过艺术家的观察，再创造。刘勰说，"目既往还，心亦吐纳"，是通过眼睛观察，内心思考，经过一番酝酿吐纳之后才加工出来的。这些要素作用于人，激活人的美感，有三个步骤。

一是以美"形"引人，二是以美"情"感人，三是以美"理"服人，由形及情及理。我们看到鲜艳的花朵、奇伟的山峰、行云流水等这些美好之物就会被吸引。耄耋老人齐白石，见到年轻美丽的新凤霞惊得目不转睛，旁边人说："你都把人家看得害羞了。"齐说："她就是美嘛！为什么不能看？"对，爱美没有什么特别理由。不论是人，还是山水，只要美，人就喜欢。有学者研究发现动物也有趋美厌丑的本能。不过与动物不同，人能将这种美感上升到感情，并形成一种定式，于是相应于景色的明暗便有心情的好坏，物象之异可转化为精神之别。小石潭的凄清，荷塘月色的宁静，范仲淹的所谓满目萧然，感极而悲或把酒临风，其喜洋洋。这就是意境。

人们还不只满足于自然中的形向主观的情的转化，又进而求理。因为哲理本身的逻辑美，在自然中也能找到相似的形象。它们灵犀一点可相通，如山之沉毅、海之激荡、云之多变等，人们从美的形、色、声中不但可以悟到美好的情感，达到美好的意境，还能悟出一种哲理的美、逻辑的美。像周敦颐见莲花就悟出"出淤泥而不染"的做人之理；像孙中山观钱江大潮而高喊出"世界潮流浩浩荡荡，顺之者昌，逆之者亡"的革命道理；朱熹"半亩方塘一鉴开，天光云影共徘徊。问渠那得清如许？为有源头活水来"，这是讲做学问的理。由形及情及理的这三个阶段有点类似男女谈恋爱，初见面，因貌相悦；既而以情相通；再而以理相知，才敢下决心结婚。又像练气功常说的精、气、神，炼精化气，炼气化神。在散文写作上就是美的三个层次：描写美、意境美、哲理美。

　　但是，并不是所有的山、水、树、木、草、石都能产生美感。大自然如人群一样，美人罕见，好景难求。因为美是一种巧合，天下没有完全相同的两个人，也没有完全相同的两处景。不管人，还是自然，是由无数因素随机地排列组合而成，最佳的组合机会只有那一瞬。在人，便有倾城之美，绝代佳人；在景，便有了奇峰秀水，天下胜境。自然美景不可多得，不能再造，不能重复，特别珍贵。

　　我们都知道文物古迹很珍贵，就是因为宏观世界不能重复，自然美景也是这样，失去了就永不再来。黄山的迎客松享受首长级的保卫和保健待遇，有专人守护，有专人监视水分、营养，就这样它总有一天还会死去。所以保护第一，开发第二。这份稀有资源首先要尽量完好地保存它，多留一点时间给后人，多留一点原貌给后人。

　　多年前，我到刚开发的贵州天星桥景区，那棵长在光光的"寻根壁"上的小树还可在石面上寻到它细如发丝的毛根，我很激动，当时就写到了文章里。但十多年后再来时，毛根已经找不到了，只能到石缝里去找粗一些的须根。那份美感也只好留在文章里，凭人去想象了。就像滕王阁被火烧了，只有到《滕王阁序》里去体验它。风景开发包括物质的和精神的。旅游开发，卖门票挣钱，这是物质方面的开发。把山水的美感挖掘出来，转化为文、诗、歌、影、画等艺术品，提高人们的审美，这是精神方面的开发。为什么名山名水名人去得多？因为它的审美价值大，便于开发成精神财富。

　　过去讲人战胜自然，现在我们讲人与自然和谐这是一种进步，但这只是一小步，是物质层面的生态平衡，其实下面还有精神层面的交流，审美方面的挖掘利用。一个小康社会，除了物质的充裕，还得精神丰富。在精神财富中，审美是一大内容。国民教育从小学开始就设有音乐、美术课，大学又有专门的艺术院校，殊不知大自然就是一个最大最好的美育课堂。山水会像绿树释放氧气一样，不停地为我们释放美感；会像书本润泽我们的心田一样，不停地润泽我们的灵魂。这山水中一树一石都是一个普通的教员，而那些名山名水就是特级教授了。我们要永葆一种崇敬、虔诚之心，向自然汲取美感，这是更高层次的人与自然的和谐。

人与石头的厮磨

中国人对于石头的感情久远而又亲近。在没有生命，没有人类以前，地球上先有石头。人类开始生活，利用它为工具，是为石器时代。大约人们发现它最硬，可用之攻其他物件，便制出石斧、石刀、石犁。就是不做加工，投石击兽也是很好的工具。等到人类有了文字后，需要记载，需要传世，又发现此物最经风雨，于是有了石碑，有了摩崖石刻，有了墓碑墓志。只是刻字达意还不满足，又有了石刻的图画、人像、佛像，直到大型石窟。

这冰冷的石头就这样与人类携手进入文明时代。历史在走，人情、文化、风俗在变，这载有人类印痕的石头却静静地躺在那里。它为我们存了一份真情、真貌，不管我们走得多远，你一回头总能看到它深情的身影，就像一位母亲站在山头，目送远行的儿子，总会让我们从心底泛出一种崇高，一缕温馨。

人们喜欢将附着了人性的石头叫石文化，这种文化之石又可分两类。一类是人们在自然界搜集到的原始石块，不需任何加工。因其形、其色、其纹酷像某物、某景、某意，暗合了人的情趣，

所谓奇石是也。这叫玩石、赏石，以天工为主。还有一类是人们
取石为料，于其上或凿或刻或雕或画，只将石作为一种记录文明、
传承文化、寄托思想情感的载体。这叫用石，以人工为主。这也
是一种石文化，石头与人合作的文化。我们这里说的是后一种。

一

　　石头与人的合作，首先是帮助人生存。当你随便走到哪一个
小山村，都会有一块石头向你讲述生产力发展的故事。

　　去年夏天我到晋冀之交的娘子关去，想不到在这太行之巅有
一股水量极大的山泉，而山泉之上是一盘盘正在工作着的石碾。
尽管历史已进入二十一世纪，头上飞过高压线，路边疾驰着大型
载重车，这石碾还是不慌不忙地转着。碾盘上正将当地的一种野
生灌木磨碎，准备出口海外，据说是化工原料。

　　我看着这古老的石碾和它缓缓的姿态，深感历史的沧桑。毋
庸讳言，人类就是从山林水边，从石头洞穴里走出来的。人之初，
除了两只刚刚进化的手，一无所有。低头饮一口山泉，伸手拾一
块石头，掷出去击打猎物，就这样生存。人们的生活水平总是和
生产力水平一致的，石器是人类的第一个生产力平台。

　　随着人类的进步，石头也越来越多地渗透到生活中的角角落
落。可以说衣食住行，没有一样能离开它。在儿时的记忆里就有
河边的石窑洞、石板路，还有河边的洗衣石、院里的捶布石，大

到石柱石础，小到石钵石碗，甚至还有可以装在口袋里的石火镰。但印象最深的是山村的石碾石磨。

石碾是用来加工米的，一般在院外露天处。你看半山坡上、老槐树下，一排土窑洞，窗棂上挂着一串红辣椒，几串黄玉米。一盘石碾，一头小毛驴遮着眼罩，在碾道上无休止地走着圈子。石磨一般专有磨坊，大约因为是加工面粉，怕风和土，卫生条件就尽量讲究些。

民以食为天，这第一需要的米面就这样从两块石头的摩擦挤压中生产出来，支撑着一代又一代人的生命。其实，在这之前还有几道工序，春天未播种前，要用石磙子将地里的土坷垃压碎，叫磨地。庄稼从地里收到场上后，要用石碌碡进行脱粒，叫碾场。小时最开心的游戏就是在柔软的麦草上，跟在碌碡后面翻跟斗。

前几天到京郊的一个村里去，意外地碰到一个久违了的碌碡，它被弃在路旁，半个身子陷在淤泥里，我不禁驻足良久，黯然神伤。我又想起一次在山区的朋友家吃年夜饭，那菜、那粥、那馍，都分外香。老农解释说："因为是石头缝里长出来的粮食，又是石磨磨出来的面，土里长的就比电磨加工的要香。"我确信这一点，大部分城里人是没有享过这个福的。当人们将石器送到历史博物馆时，我们也就失去了最初从它那里获得的那一份纯情和那一种享受。正如你盼着快点长大，你也就失去了儿时的无忧和天真。

生产力的发展变化，在石头上所体现的最好标志，就是一块石头由加工其他产品的工具，变成被其他工具加工的产品。二十年前，我第一次到福建出差，很惊异路两边的电线杆竟是一根根的石条，这些从石地层里切挖出来的"产品"真是不可思议。

又十年后我到绍兴，当地人说有个东湖你一定要看。我去后大吃一惊，这确实是个湖，碧波荡漾，游船如梭，湖岸上数峰耸立，直逼云天。但是待我扶着危栏，蜿蜒而上到达山顶时，才知道这里原来并不是湖，而是一处石山。当年秦始皇统一天下后，全国遍修驿道，需要大量石条，这里就成了一个采石场。现在的山峰正是采石工地上留下的"界桩"。看来当时是包工到户，一家人采一段，那"界桩"立如剑，薄如纸，是两家采石时留下的分界线，有的地方已经洞穿成一个大窗户。刚才看到的湖面，是采过石后的大坑，一根一根石条就这样从石山的肚子里、脚跟下抽出来。"沧海变桑田"是指大自然的伟力，这时我更感悟到人的伟力，是人硬将这一座座石山切掉，将石窝掏尽，泉涌雨注，就成湖成海了。

后来我又参观了绍兴的柯岩风景区，那也是一个古采石场。不过不是湖，而是一片稻田，如今已成了公园。园中也有当年采石留下的"界桩"，是一柱傲立独秀的巨石，高近百米，石顶还傲立着一株苍劲的古松。可知当年的石工就是从那个制高点，一刀一刀像切年糕一样将石山切剁下来。这些石料都去做了铺路的石板或宫殿的石柱。我们的祖先就是这样以血肉之手，以最原始的工具在石缝里拼生活啊。

前不久我看过一个现代化的石料厂，是从意大利进口的设备，将一块块如写字台大小的石头固定在机座上，上面有七把锯片同时拉下，那比铁还硬的花岗岩就像木头一样被锯成薄如书本、大如桌面的石片。石屑飞溅，一如木渣落地。流水线尽头磨洗出来的成品花色各样，光可照人，将送到豪华宾馆去派上用场。远看料场上摆放着的石头，茫茫一片，像一群正在等待屠宰加工的牛羊，我一时倒心软起来，这就是数千年前用来修金字塔、修长城、建城堡的坚不可摧的石头吗？

经济学上说，生产力是人类改造世界的能力，它包括人、工具和劳动对象。这石头居然三居其二，你不能小看它对人类发展的贡献。

二

石头给人情感上的印象是冰冷生硬，有谁没有事会去抚摸或拥抱一块冰冷的石头呢？但正如地球北端有一个国家名冰岛，那终年被冰雪覆盖着的国土下却时时冒出温泉，喷发火山。这冰冷的石头里却蕴藏着激荡的风云和热烈的思想。

我第一次从石头上读政治，是一九九四年一月初到桂林。谁都知道，桂林是个山水绝佳之地，我也是本着这份心情去寄情自然、赏心娱性的。当游至龙隐崖时，主人向我介绍一块摩崖石刻，因文字仰刻在洞顶，虽经近九百年，却得以逃脱人祸、水患。细读才知是有名的《元祐党籍碑》。说是碑，实际上就是一个黑名单。在这明媚的湖光山色中猛见这段历史公案，不由心头一紧，身子一下落入历史的枯井。

这碑的书写者是在中国历史上可入选奸臣之最的蔡京。宋朝自赵匡胤夺权得位之后，跌跌撞撞共三百一十七年，好像就没有干出什么光荣的大业，倒是演绎了一段忠奸交织史，并且大都是奸胜于忠。宋神宗年间国力贫弱，日子实在混不下去了，朝廷便起用新党王安石来变法。神宗死后，改年号元祐，反对变法的旧党得势。等到宋徽宗即位，新党势力又抬头。蔡京正在这时得宠，他便借机将自己的政敌统统打入旧党名单，名为元祐奸党。并且于崇宁四年（1105 年）讨得皇帝旨，亲自书写成碑，遍立全国各地，要他们永世不得翻身。把黑名单刻在石头上，这是蔡京的发明。

在这块黑硬阴冷的石刻前，我不禁毛骨悚然。细读碑文，黑名单共三百零九人，其中有许多名人大家，如司马光、文彦博、苏东坡、秦观、黄庭坚等。这些人不说政见政绩，就说他们的诗书文章，也都是一代巨星。蔡本人也算是个大文人，书与画亦很出色，当初他就是靠着这个才得以接近徽宗。但他一旦由文而政，大权在手，整起人来却如此心狠，更何况他在政治斗争中又很会使用石头这个工具。当初中国猿人刚学会以石击兽猎食求生时，万没有想到几十万年后的政坛官僚会以石来上悦君王、下制政敌。

更想不到的是，这蔡京上下两手都得纯熟。当他要取悦君王，以求进身时，用的是天然无字之石。蔡京经仔细观察，发现宋徽宗极好玩石，他就让心腹在南方不惜代价，广搜奇石。为求一石跋山涉水，挖坟掘墓，拆人庭院。有大石运京不便，沿途就征用民船，拆桥毁路，这便是历史上有名的"花石纲"之祸。这事连徽宗也觉得有点心虚，蔡京就说："陛下要的都是山野之物，是没有人要的东西，有何不可？"真会给主子找台阶下。当他要对付政敌时，用的是有字的石头。他看中了石头的经久耐磨，要刻书其上，让政敌万世不得翻身。不想后人又将此碑重刻，以作为历史的反面教员。

因为有了这次由石悟史的经历，以后我就留意石头上的野史。

封建时代普天之下莫非王土，这石头当然首先要为皇家服务。中国历史上文治武功较突出的秦皇汉武、唐宗宋祖、明太祖、清康熙乾隆七位名君，除汉武、宋祖，我见过他们其余五人留下的石头。今泰山脚下的岱庙里有秦始皇二十八年（前 219 年）东巡时的刻石，北宋时还有一百三十六字，现只剩下九个字了。现太原晋祠存有唐太宗李世民亲笔书的一块《记功铭》，四面为文。我得一拓片，展开有一面墙之大，甚是壮观。那个乞丐出身的朱元璋很有意思，他与陈友谅大战于鄱阳湖，正不分上下时，得一疯人周颠指点而胜，朱得江山后亲自撰文，在鄱阳湖边的庐山最高处为之立碑，现在御碑亭成了庐山的一个重要景点。康熙、乾隆的御制诗文极多，这是世人皆知的。中国几乎任何一处著名的风景点或庙宇里都能看到他们的碑刻，但大多是"到此一游"之类。

石头记事，确实可以千古不朽，于是就生出另一面的故事，有钱有势的就想尽量刻大石，多刻石。但是如果你的名和事不配这个不朽，不配流芳百世呢？那就适得其反，留下了一份尴尬，又为历史平添了一点笑话。这石愈大，就尴尬愈大，笑话愈大。山东青州有一座云门山，石壁上刻有一巨大的寿字，就是一米七八的小伙子，也没有寿下的"寸"字高。游人在山下，仰首就可看到。原来当年这里曾是朱元璋的后代衡王的封地，他在嘉靖三十九年（1560 年）为筹办自己的祝寿庆典，特意搞了这么一个"寿"字工程。但是如今除了山上的寿字和山下孤零零的一个空牌楼，衡王府连只砖片瓦也找不到了。衡王这个人如不专门查史，也是没人知道。寿字倒是长寿至今，那是因为它的书法价值和旅游的用途，衡王却一点光也沾不了。

河北正定去年才出土的一块残碑，也是对立碑人的最大讽刺。这碑我们现在已不能称之为碑了，因为它已断为三截。但是大得出奇，只驮碑的赑屃就比一辆小汽车还大，这是目前国内多处碑林中未曾见过的巨制。奇怪的是，如此辉煌的记功碑既不是出自大汉盛唐，也不是出于宋元明清，据查它出自中国历史上一个短暂纷乱的小王朝——五代时的后晋。从碑身可以看出字迹清晰，石色未经风雨洗磨，碑立好不久便入土为安了，而且碑文中所有涉及碑主人的名字多处都被剔毁。

经考证，碑主是此地的节度使，乱世之际他手里有几个兵也就做起了开国称帝的梦，并且预先刻好了记功请颂之碑，不想梦未成就祸临头了，他被杀身，碑也被活埋。这段公案直到一千多年后，正定县修路时，才在现代挖掘机的咔嚓声中重见天日。于是我想到，这厚厚的土地下不知埋藏着多少不朽的石头，和石头上早已朽掉了的人物。

上面说的是流传至今的成碑，还有一种是未及成形的夭折之碑。我见到的最大的夭折碑是南京阳山的特大"碑材"。现在较多的说法是朱棣篡位称帝后，准备为他的父亲朱元璋修孝陵时所采的石材。

　　它实在太大了，从初步形成的情况看，碑座长 29.5 米，宽 12 米，高 17 米，重约 1.6 万吨；碑首长 22 米，高 10 米，宽 10.3 米，重 6118 吨；碑身长 51 米，宽 14.2 米，厚 4.5 米，重约 8800 吨。总计合 3 万多吨。据传，当时为开采此石，用数千工匠，每人每天限出碎石三斗三升，出不完即死。山下新坟遍野，至今仍有村名"坟头"。当时用的是笨办法，先将石料与山体凿缝剥离，然后架火猛烧，再以冷水泼在石面，热胀冷缩，一层层地激起碎石。至今石上还有火烤烟熏的痕迹。千万人、千万时的劳动还是敌不过自然的伟力，人们虽可勉强将这个庞然大物从山体上剥离，但如何运进城去是个难题，于是它就这样永远地躺在了山脚下。如今现代化的高速公路从碑石下穿过，这巨石就如一头远古时的恐龙或者猛犸象，终日瞪着好奇的眼睛看着来往的车流。

　　如果你读不懂这块三万多吨的巨石，就请先读读明史，读读朱棣。朱棣是朱元璋的第四个儿子。本来轮不到他来做皇帝，他也早被封为燕王，驻地就是现在的北京。但他起兵南下，夺了他侄儿的帝位，然后迁都北京。朱棣很有雄才大略，平定北方，打击元朝残余势力，也很有功，但人极残忍。他窃位后自知不合法，便施高压，收拾异己。

　　他要名士方孝孺为他起草即位诏，方不从，他就以刀割其口，又株连十族，共八百七十三人。兵部尚书铁铉不从，就割其耳鼻，又烹而使之食，问："甘否？"铉答："忠臣之肉有何不甘。"

大骂而死。不可想象，在中国已经历了唐宋成熟期的封建文明之后，还有这样一位残暴的最高统治者。但他又装作很仁慈，一次到庙里去，一个小虫子落在身上，他忙叫下人放回树叶，并说："此虽微物，皆有生理，毋轻伤之。"

朱棣既有野心和实力夺帝位，又要表现出仁孝，表示合法，于是他就想到为父亲的陵寝立一块最大的石碑。这或许有赎罪和安慰自己灵魂的一面，但正好表现了他的霸气和凶残，这是一块多么复杂的石头。中国历史上三百三十四个皇帝中，叔夺侄位、迁都易地、另打锣鼓重开张的就朱棣一人。这块有三万吨之重，非碑非石，后人只好叫作"碑材"的也只有这一例。它像神话中的人头兽身怪，是兽向人嬗变中的定格。

如果说，正定大残碑是一个未登皇位的人梦中的龙座，阳山大碑材就是一个已登皇位者，为自己想立又没有立起来的贞节牌坊。而许许多多有诗有文的御碑，则是胜者之皇们摇头晃脑、假模假样的道德文章。武则天倒是聪明，在她的陵前只有一块无字碑，她让后人去评、去想。但这也有点作秀，是另一种立传碑。"菩提本无树"，要是真洒脱又何必一块加工过的石头呢？唐太宗说以史为镜，史镜的一种形式就是石头，后人从石镜里照出了所有弄石人的心肝嘴脸，就是那些偷偷的小动作和内心深处的小把戏也分毫毕现。

当然，石头既是山野之物，又可随时洗磨为镜，便就谁都可以用来照人照世、表达思想、褒贬人物了。上面说的是宫廷之碑，民间也有许多著名的碑刻成了我们历史文化的里程碑。如我们在中学课本里学过的《五人墓碑记》等，其激越的思想、感人的故事与坚强的石头一起经过历史的风雨，仍然闪烁着理性的光芒。成都武侯祠有岳飞书《出师表》石刻，一笔一画如横出剑戟，一点一捺又如血泪落地。石头客观公平，忠也记，奸也记，全留忠奸在青石。民间的说法就更是常书写在石头上。了解中国的政治史也应该除二十四史外，到路边或旧宅的古石块上去找寻。

在我看过蔡京《元祐党籍碑》之后八年再到桂林，却意外地见到一块惩贪官碑。碑文为："浮加赋税，冒功累民。兴安知事，吕德慎之纪念碑。民国五年冬月闰日公立。"指名道姓，为贪官立碑，彰显其恶，以戒后人，全国大概仅此一例，其作用正如朱元璋将贪官剥皮填草立于衙堂之侧。

我当记者时，在家乡山西还碰到一件为清官立碑的事。从前山西晋城产一种稀有兰草，岁岁进贡。然此地崇山峻岭，崖高林密，年年因采贡品死人。就是那年我们上山时也还无路可通，要手足并用，攀岩附藤而上。有一任县令实在不忍百姓受苦，便冒欺君之罪，谎报因连年天旱此草已绝迹，请免岁贡。从此当地人逃此苦役，百姓为其立碑。封建时代人们盼清官，所以就留下不少这类的刻石。现在武夷山的文庙里还保存有一块宋太宗赐立各郡县的《戒石铭》："尔俸尔禄，民脂民膏，下民易虐，上天难欺。"还有那块被朱镕基推崇引用的《官箴》碑："吏不畏吾严，而畏吾廉；民不服吾能，而服吾公。公则民不敢慢，廉则吏不敢欺。公生明，廉生威。"此石原为明代一州官的自警碑，到清代被一后继者在墙里发现，又立于署衙之侧以自警，再到朱镕基之口，是一根廉政接力棒，现存西安碑林。

大约人自从有了思想，就一天也没有停止过利用石头来表达它。权贵们总是想把石头雕成一根永恒的权杖，洁身自好者就用它来磨一面正形的镜子，而老百姓则将它用作代言的嘴巴。无论岁月怎样热闹地更替，人类演化出多少缤纷的思想，上天却只用一块石头，就将这一切静静地收藏。

三

前面说过，没有哪一个人愿意怀抱一块冰冷的石头。但是，这石头确确实实每时每刻都在人类的怀抱里温暖着，一代代传递着。于是"入石三分"，那石面石纹里就都浸透着人文的痕迹。人们不知不觉中，除了将石头用作生产生活的工具，还将它用作记录文明、传承文化的载体。就文化的本意来说，它是社会历史活动的积累。为了使辛苦积累的东西不致失去，石头是最好的载体。一来因其坚硬，耐磨损，不像纸书本那样怕水怕火；二来因其本就处在露天，体势宏大，有较好的宣示功能。所以以石记史、以石为文就代代不绝。

人以文化心理刻石大概有这样几种类型。

一是为了表达崇拜，宣扬精神。最典型的是佛教的石窟、石刻和摩崖造像。敦煌、麦积山、云冈、龙门、大足，佛教一路西来，站站都留下巨型石窟。这都要积数代人的力量才能成。像乐山大佛那样，将一座山刻成一个大佛，用了九十年的时间，这需要何等惊人的毅力，而且必须有社会的氛围，这只有宗教的信仰力才能办到。泰山后面有一道沟，竟将一部《金刚经》全刻在流水的石面上，每个字有桌面之大，这沟就因此名"经石峪"。但也有的是为了宣扬其他。冯玉祥好读书，他住庐山时心有所悟，就将《孟子》的一整段话，叫人刻在对面的石壁上。经石峪和庐山我都去过，身临文化的山谷之中，俯读经文，佛心澄静；仰观圣言，壮心不已，你会感到一股这石头文化特有的磅礴之力。

　　古人凿山为佛的场景我无法亲历，但现代人一件借石表忠的事我倒是亲自体味过。二十世纪八十年代初，我在山西当记者，一天沁水县（作家赵树理的家乡）的书记来找我，说他那里出了一件奇事，也不知该不该宣扬。我到现场一看，原来是一位老村干部为毛主席修了一座纪念堂。堂不足奇，奇的是他硬在一块巨石上用手抠出了这座"堂"。

　　当时，毛主席去世不久，这位深感其恩的老村干部，决心以个人之力为伟人建一座堂，而且暗发宏愿，必须整石为屋。他遍寻附近的山头，终于在村对面山上找见一块巨石，就背一卷行李、一口小锅住在山上。他一锤一錾，每天打石不止，积年余之力，居然挖出一座有四米直径之大的圆房子。老人将毛主席的像端挂正中。他又觉得山太秃，想引来奇花异草，依稀知道有一本记载植物的书叫《本草纲目》，就向卫生部写信，卫生部居然还寄来了许多种子，我去时山上已一片青翠。当时正好农村推行改革政策，村里就将这山承包给了老人。当初，人们都说这老人是疯子，现在则羡慕不已。这种借坚石而表诚心的方式中外同一。上个月我从泰国归来，那里有一座佛城，巨大的佛殿里，八百多块花岗石碑全部刻满经文。这则全靠国家的力量。

第二种是为了给后人积累知识、传递信息。那一年我到镇江，在焦山寺碑林里见到一方石头，上面刻有一幅地图，名《禹迹图》，是大禹治水、天下初定后的版图。这幅石地图用横竖线组成五千八百三十一个方格，每格合百里，比例为一比四百二十万，上面有山川河流及五百五十一个地理名称。这是我见到的最久远的地图，它刻于宋绍兴十二年（1142年），英国人李约瑟说这是世界上最杰出的古地图。

现在河北保定原清直隶总督的大院内保存着十六幅《御题棉花图》刻石。乾隆三十年（1765年），时任总督的方观承考察北方的棉花种植生产流程后，亲手绘制了十六幅工笔绢画，图后配有说明文字，呈送乾隆皇上御览。乾隆仔细研究过后，于每幅图上题诗一首。这回皇上写的诗也还文风淳朴，有亲农爱民之情，比如第二幅的《灌溉》："土厚由来产物良，却艰治水异南方。辘轳汲井分畦溉，嗟我农民总是忙。"皇帝亲自题诗勒石承认农民的辛苦，恐怕在中国历史上也仅此一例。这图文并茂的十六幅石刻永远留在了直隶总督衙门，成为我们中国农业科技史的重要资料。人们考证，最早的木版连环画大约可以追溯到明万历年间，而这《棉花图》很可能就是第一本刻在石头上的连环画。

最近我到甘肃麦积山又有新的发现，这里存有一块刻于北魏时期的释迦牟尼成佛过程的浮雕碑，应该是更古老的石刻连环画。现在长江大坝已经蓄水，有谁能想到百米水下将要永远淹没一段石上的文化。原来在涪陵城的江面上有一道石梁，水枯时现，水丰时没，古人就用它刻记水文的变化。石长一千六百米，一千一百年来竟刻存了一百六十三段，三万余字的记录，还有飞鱼图案。考古学家习惯将地表数米厚的土壤称为文化层。人们一代一代，耕作于斯，歇息于斯，自然就于这土层中沉淀了许多文化。那么，突出于地表的石头呢，自然就更要记录文化，它不仅是文化层，更是文化之碑、历史之柱。

第三种是人们无意中在石上留下的关于艺术、思想和情感的痕迹。司马迁说"桃李不言，下自成蹊"，在无言的石头面前，岂止是"成蹊"，人们常常是诚惶诚恐地膜拜。

山东平度的荒山上至今还存有一块著名的《郑文公碑》，被尊为魏碑的鼻祖。每年来这荒野中朝拜的人不知有多少。那年我去时，由县里一个姓于的先生陪同，他说日本人最崇拜这碑，每年都有书道团来认祖。真的是又鞠躬，又跪拜。一次两位老者以手抚碑，竟热泪盈眶，提出要在这碑下睡一夜。于先生大惊，说：在这里过夜还不被狼吃掉？这"碑"虽叫碑，其实是山顶石缝中的两块石头。先要大汗淋漓地爬半天山路，再手脚并用攀进石缝里，那天我的手就被酸枣刺划破多处。我来的前两年刘海粟先生也来过，但已无力上山，由人扶着坐在椅上，由山下用望远镜向山上看了好一会儿。其实是什么也看不见的，只是了一个心愿。现在，这山因石出名，成了旅游点，修亭铺路，好不热闹。

人对石的崇拜，是因为那石上所浸透着的文化汁液。石虽无言，文化有声。记得徐州汉墓刚出土，最让我感动的是每个墓主人身边都有一块十分精美的碑刻，今天都可用作学书法的范本。但这在当时就是一个普普通通的丧葬配件，平常得如同墓中的一把土。许多现在已被公认的名帖，其实当年就是这样一块墓中普通的只是用来干别的事情的石头，本与书法无关。如有名的《张黑女碑》，人们临习多年，赞颂有加，至今却不知道何人所写。就像飞鸟或奔跑的野物会无意中带着植物的种子传向远方，人们在将石头充作生活用品和生产工具时，无意中也将艺术传给了后人。

那一年我到青海塔尔寺去，被一块普通的石头大大感动。说它普通，是因为它不同于前面谈到的有字之石。它就是一块路边的野石，其身也不高，约半米；其形也不奇，略瘦长，但真正是一块文化石。当年宗喀巴就是从这块石头旁出发进藏学佛的。他的老母每天到山下背水时就在这块石头旁休息，西望拉萨，盼儿想儿。泪水滴于石，汗水抹于石，背靠小憩时，体温亦传于石。后来，宗喀巴创立新教派成功，塔尔寺成了佛教圣地，这块望儿石就被请到庙门口。

现在当地虔诚的信徒们来朝拜时，都要以他们特有的生活习惯来表达对这块石头的崇拜。有的在其上抹一层酥油，有的撒一把糌粑，有的放几丝红线，有的放一枚银针。时间一长，这石的原形早已难认，完全被人重新塑出了一个新貌，真正成了一块母亲石，就是毕加索、米开朗琪罗再世，也创作不出这样的杰作。那天我在石旁驻足良久，细读着那在一层层半透明的酥油间游走着的红线和闪亮的银针。红线蜿蜒曲折如山间细流，飘忽来去又如晚照中的彩云。而错落的银针发出淡淡的轻光，刺得游子们的心微微发痛。这是一块伟大的圣母石。它也是一面镜子，照见了所有母亲的慈爱，也照出了所有儿女们的惭愧。这时不分信仰，不分语言，所有的中外游人都在这块普通的石头前心灵震颤，高山仰止。

当石头作为生产工具时，是我们生存的起码保证；当石头作为书写工具时，是我们传承文明的载体；而当石头作为人类代代相依、忠贞不贰的伴侣时，它就是我们心灵深处的一面镜子。无论社会如何进步，天不变，石亦不烂，石头将与人相厮相守到永远。

望星空

天渐渐黑了，白日里的山水、田林、高楼、大路，统统无声地融进了那夜的大幕里，就连天空也失去了明亮的蓝色。仿佛是为了证明这空阔的存在，不知不觉中，天上又突然东一颗西一颗地挂起了星星。这时，人们经过一天的紧张、激动之后，在这夜的抚慰中，也渐渐恢复了冷静和自在。隐没了周围有形的物，解脱了心头烦人的忧，于是只剩下美的幻想。

星夜之美，主要是这天上的星。她发出微微的光，将一团浓浓的夜色搅拌成淡淡的霭雾，笼罩寰宇，朦朦胧胧；她眨着亮亮的眸子，在无尽的苍穹中，或簇而成堆，或散分西东。而这时，白日里人喊马嘶的喧嚣又早已化作了蛙唱虫鸣。在这且沉且静的气氛中，人们怎能不幻出各种理想！

于是，看那星的图案，便有天狼、天犬、狮、虎、熊、蝎，还有背着箭的猎户、斩妖的英雄。那很多星组成的亮带呢，多像一条银色的河。有河必有渡河人，于是又有隔岸相望的牛郎、织女。其实，这时在人间的河边、树下，又何尝没有依偎着的恋人！

那是人化了的星，地化了的天空。这时，人们的全部思想、全部知识，都升腾到宇宙中，凭着思维的闪电，在重新做着组合。

通信卫星是近年来才有的事吧，而我们的祖先却早已在运用了。苏东坡说："但愿人长久，千里共婵娟。"杜甫叹："今夜鄜州月，闺中只独看。"不都是通过月亮这颗大卫星，传播着对亲人的相思吗？从古希腊神话，到我国的唐诗宋词，这幽渺无际的星空，飘着多少美丽的情思啊！

星空除给人以情的陶冶，还给我们一种智的开拓。

夜色蒙蒙，河汉茫茫。在万籁俱静中，遥望无垠的宇宙，比观沧海、眺远山，更易起一种追求的渴念。黑夜本就给人以神秘之感，月光又使人生迷茫之情。这时，仰望那晶晶的星，恰如黑板上观字，剧场里看戏，我们的注意力便不由集中于她了。

离地球最近的星，当然是她的姐妹金、木、水、火、土、天王、海王、冥王等星。以她们为主，围着太阳组成了太阳系。就以冥王星的轨道算，直径达一百二十亿千米，如果乘时速六十千米的火车也要穿行八百三十余万年呢！多么大的太阳系啊。但这在直径为十万光年的银河系里，又只是一个小点。银河系呢，在宇宙中又不过是沧海一粟。我们这样一直不断地探索开去，在河外星系，又不知还有多少未知的东西。那闪烁的星斗上面，可有人类居住？那迷离的光团，可真是飞碟在飞舞？不是有人说金字塔或许是外星人来造访的标志，空中捕获的电波，可能是他们发来的信息吗？啊，这月白风清的夜空里储着多少秘密！

云来月去，斗转星移。当四围皆静，目光在群星间徜徉时，不觉便反躬想到我们人类自己。这迷乱的星空无边无岸，怎么把握她的来去？聪明的祖先根据一月中月亮的不同位置（归宿），把天空分成二十八宿，分片查数。汉代的张衡靠肉眼已数出了六千多颗星星。到一六〇九年，伽利略发明了望远镜，后来不断改进，我们现在已能看到九十亿光年内的天体，那星已多得不可胜数。

天，本就够迷人了，而这一片渺茫中，又不时会出现一些怪异。本来是一颗闪闪的星，背后却会拖出一条像扫帚似的长尾巴来。多少年来，人们认为这是不祥之兆。一六八二年，英国天文学家哈雷研究了这样一颗星后，指出它是在按一定周期运行，七十六年后还会回来，后来，果然应验。还有的星会忽明忽暗，这曾使希腊人十分恐慌，说它是魔鬼的头。可是一八七二年，英格兰一个又聋又哑的青年天文学家古德里克（他死时只有二十二岁）却推测是有一颗暗星在定期绕它旋转，而遮了它的光，一百年后这个推测又被证实。还有那日心说的创立，从公元前古希腊天文学家阿里斯塔恰斯到波兰天文学家哥白尼，就经历了一千八百多年的斗争，为此，布鲁诺被烧死，伽利略又被判刑。这闪闪的繁星啊，随便哪一颗都凝聚着人类为探索宇宙所付出的艰苦劳动！

那些伟大的天文学家，他们将自己融进这漫漫的长夜里，用生命之光，来为宇宙这部无头无尾的巨著，做一个小小的注脚。人的躯体在宇宙中只是一微尘埃，但他的思想可以包容宇宙。我们仰观河汉，你看那星，哪一颗不是根据三大定律和相对论，在牛顿、爱因斯坦的脑海里运行！

　　人生于永恒的宇宙，如火花之一瞬，可是他创造的事业却会永恒，你看张衡、祖冲之、郭守敬，他们不是分明被命名为星名，已在宇宙中获得永生了吗？这时你再体会这溶溶的夜色、闪闪的繁星，再听这浅唱低吟的天籁之声，就会视通万里，思接千载，不由得不浮想联翩。这清阔淡远的星空中，藏着多少哲理、多少激情啊！

　　星空，这样宁静，这样深沉。

节的联想

中国人的习惯，不出正月都算过年，叫过大年。"年"是春节，是一年中最大的节，就特别给它一个月的地盘。于是我就想到年和节有什么不同，比如正月里就还有元宵节，还有更小的立春、雨水等被称为"节气"的节。

节者，接也。事物都不可能一帆风顺直线前进，都是有节有序，走走停停，接力而行。节是一个运动着的概念。这首先是宇宙运行的规律，地球绕太阳公转一圈，因所处位置不同，就分出二十四个节气。从春到冬节节递进，就这样走过了一年。

人的成长也有"节"，从孩童时节、学生时节、工作时节，直到退休后的晚年时节，所以社会规定了儿童节、青年节、老人节，从小到老就这样一节一节度过了一生。

植物的生长也有"节"，最典型的是竹子，竹管中空外直，美则美矣，但每隔尺许必得有一停顿，然后接着长，是为一节，如果一直到顶，就不成材，就不堪为用。务过农的人都知道玉米拔节，夏季的夜晚浇过一场透水，你在玉米地旁听吧，噼啪作响，那是田野里生命的交响。无论有生命的还是无生命的事物都是接续前进，走过一节，再拔一节，这是一个生命动态的过程。

节者，结也。古人在无文字之前就发明了结绳记事。顺顺溜溜的绳子上打了一个结，必是有事要记住，平平常常的日子里规定了一个节日，必是有事值得纪念。

节，是一个时间的概念。值得纪念的有好事也有坏事，好事如"五四"青年学生反帝纪念日、"8·15"日寇投降纪念日、"十一"国庆纪念日等；坏事如"七七事变""南京大屠杀"等。不过我们常把好事称节日，坏事称纪念日。就是对一个伟人，人们也是既记住他的生日，也记住他的忌日。好事纪念，是为发扬光大，要庆要贺；坏事不忘，是为警惕小心，要常思常想。郭沫若就写过著名的《甲申三百年祭》，前事不忘，后事之师。人生、社会只有在好坏反正的对立斗争中才能前行。

节是一个社会运行中的坐标。一个国家规定国庆节，是让国民知道立国不易，忘了国庆日就是忘国；一个民族用最典型的风俗礼习来过自己的节，是提醒同胞不要忘祖。中国人把阴历七月十五定为鬼节，外国人有亡灵节，是要生者不忘掉死者。节，是在时间的长绳上打了几个结，叫我们一步一回头，积累过去，创造未来。

节者，截也。它专截取生活中最有意义的日子，再以这日子为旗帜，去选择截取一定的地域、一定的人群，从而强化生活中不同的个性。你看各国、各民族都有自己的节。青年人有青年节，老年人有重阳节，妇女有妇女节。

这节还是拦截人们感情的闸门。你看春节那返乡的人流如潮如海，元宵、中秋、重阳，无论哪一个节都是在开启人们的某一种思绪。节有最小者是每个人自己的生日，最大者是全地球每三百六十五天过一个元旦节，而火星则每六百八十六天过一个元旦节。我有时突发奇想，现在人们还没有找到宇宙大爆炸诞生的那一日，如果找到了那一天，又找到了外星人，大家同庆宇宙的元旦节，不知会是什么样子。这样想来，节又是一个划分空间的概念。此节与彼节可以有关，也可无关。而当最多的人同时关注一个节日时，那就是最大范围的大同。当一个人被写入一个节日时，他就有了最高的威望，如伟人的生日总是被列为纪念日。

知道了节是生命的过程，我们就会格外地珍惜它。要节节而进，奋勇而行，谨守人生之节、人格之节。节既是时间的概念，就在提醒我们生命的流失。我在一篇文章里曾发问，是谁发明了"年"这个东西，直将我们的生命寸寸地剁去。我们一方面要节约生命，勿使岁月空度；另一方面又承认节序难违，不要强挽流水，而是重在享受生命的过程。

节又是一个空间的概念，我们都知道这个世界上有多少人群、多少民族、多少个国家和组织就有多少个节日，有多少人就有多少个生日。它提醒我们"喜吾节以及人之节"，每当节日来临时不要忘了相互庆贺，邻国国庆要发个贺电，亲友过节要送束鲜花，老人记着儿童节，青年人不要忘了父亲节、母亲节和重阳节。节是我们在这个世界上互相联系的纽带，是一个爱的纽结。

想明白了以上的意思，我们天天都在过节，天天都在为别人祝福和在被别人祝福之中。

何处是乡愁

乡愁，这个词有几分凄美。原先我不懂，故乡或儿时的事很多，可喜可乐的也不少，为什么不说乡喜乡乐，而说乡愁呢？最近回了一趟阔别六十年的故乡，才解开这个人生之谜。

故乡在霍山脚下。一个古老美丽的小山村，水多，树多。村中两庙、一阁、一塔，有很深的文化积淀。

我家院子里长着两棵大树，一棵是核桃，一棵是香椿，直翻到窑顶上，遮住了半个院子。核桃，不用说了，收获时，挂满一树翠绿滚圆的小球。大人站到窑顶上用木杆子打，孩子们就在树下冒着"枪林弹雨"去拾，头上砸出几个包也喜滋滋的，此中乐趣无法为外人道。

香椿炒鸡蛋是一道最普通的家常菜，但我吃的那道不普通。老香椿树的根，不知何时从地下钻到我家的窑洞里，又从炕边的砖缝里伸出几枝嫩芽。我们就这样无心去栽花，终日伴香眠。每当我有小病，或有什么不快要发一下小脾气时，母亲安慰的办法是，到外面鸡窝里收一颗还发热的鸡蛋，回来在炕沿边掐几根香椿芽，咫尺之近，就在锅台上翻手做一个香椿炒鸡蛋。那种清香，那种童话式、魔术般的乐趣，永生难忘。

当然炕头上的记忆还有很多，如在油灯下，枕着母亲的膝盖，看纺车的转动，听远处深巷里的狗吠和小河流水的叮咚。这次回村，我站在老炕前叙说往事，直惊得随行的人张大嘴合不拢，而村里的侄孙辈也如听古。因为那两棵大树早已被砍掉，河已不在，只有旧窑在，寂寞忆香椿。

出了院子，大门外还有两棵树，一棵是槐树，另一棵也是槐树。大的那棵特别大，五六个人也搂不住，在孩子们眼中就是一座绿山、一座树塔。长记树下总是拴着一头牛或一匹马。主干以上枝叶重重叠叠，浓得化不开，上面有鸟窝、蛇洞，还寄生有其他的小树、枯藤，像一座古旧的王宫。而爬小槐树，则是我们每天必修的功课，隐身于树顶的浓荫中，做着空中迷藏。

槐树枝极有韧性，遇热可以变形。秋天大人们会在树下生一堆火，砍下适用的枝条，在火堆里煨烤，制作扁担、镰把、担钩、木杈等农具，而孩子们则兴奋地挤在火堆旁，求做一副精巧的弹弓架或一个小镰把。有树必有动物，现在野生动物事业就归国家林业部来管。村里的野物当然也不离古树，各种鸟就不用说了，松鼠、黄鼠狼、獾子、狐狸的造访是家常便饭。

夏天的一个中午，正日长人欲眠，突然老槐树上掉下一条蛇，足有五尺多长，直挺挺地躺在树荫中。一群鸡，虽以食虫为天职，但还从未见过这么大的虫子，一时惊得没有了主意，就分列于蛇的两旁，圆瞪鸡眼，死死地盯着它，双方相持了足有半个时辰。

这时有人吃完饭在河边洗碗，就随手将半碗水泼向蛇身。那蛇一惊，嗖的一下窜入草丛，蛇鸡对阵才算收场。现在，就是到动物园里，也看不到这样的好戏。

还有一天的晚上，我一个叔叔串门回来，见树下卧着一个黑影，便上去踢了一脚，说："这狗，怎么卧在当道上！"不想那"狗"嗖地翻身逃去，星光下分明是一条狼，大约是来河边喝水，顺便在树下小憩片刻。第二天听了这故事，很令人神往，我们决心去找这只狼。长期在农村，早得了关于狼知识的秘传：铜头、铁身、麻秆腿，腿是它的最弱项。傍晚时分，四五个孩子结伴向村外走去，随身带上镰刀、斧头、绳子，这都是平时帮大人打柴的家什。大家七嘴八舌，说见了狼，我先用镰刀搂腿，你用斧砍，他用绳捆。正说得热闹，碰见一个大人，问：去干什么？答，去找狼。大人厉声训斥道："天快黑了，你们还不都喂了狼？给我回去！"我们永远怀念那次未遂的捕狼壮举。

出大门外几十步即一条小河，流水潺潺，不舍昼夜，河边最热闹的场景是洗衣。在没有自来水和洗衣机之前，这是北方农村一道最美丽的风景。是家务劳动，也是社交活动，还是一种行为艺术。女人和孩子们是主角，欢声笑语，热闹非凡。许多著名的文艺作品都喜欢借用洗衣这个题材，如藏族舞蹈《洗衣歌》、歌剧《小二黑结婚》等，我们山西还有一首原汁原味的民歌就叫《亲圪蛋下河洗衣裳》。

印象最深的是河边的洗衣石，有黑、红、青各色，大如案板，溜光圆润。这是多少女子柔嫩白净的双手，蘸着清清的河水，经多少代的打磨而成的呀。河边总是笑声、歌声、捶衣声，声声入耳。偶尔有一两个来担水的男子，便成了女人们围攻的目标。现在想来，那洗衣阵中肯定有小二黑、小青、亲圪蛋等。洗好的衣服就晒在岸边的草地上，五颜六色，天然画图。

我们常在河边的青草窝里放羊，高兴时就推开羊羔，钻到羊肚子下吸几口鲜奶，很是享受。那时也不懂什么过滤、消毒。清明前后，暖风吹软了柳枝，可褪下一截完整树皮管，做成柳笛，"呜哇呜哇"地乱吹。大人不洗衣时我们就在这洗衣石上玩泥，或坐上去感受它的光润。

那时洗衣用皂角，村里一棵硕大的皂角树，一季收获，够全村人用上一年。皂角在洗衣石上捶碎后，它的种子会随河水漂落到岸边的泥土里，春天就长出新的皂角苗。小村庄，大自然，草木之命生生不息，孩子们的心里阳光满地。大家比赛，看谁发现了一株最大的皂角苗，然后连泥捧起种到自家的院子里。可惜，这情景永不会再有了，前几年开煤矿破坏了地下水，村里的三条河全部干涸，连河床都已荡平，树也没了踪影。洗衣歌、柳笛声都已成了历史的回声。

忆童年，最忆是黄土，我的老乡，前辈诗人牛汉，就曾以敬畏的心情写过一篇散文《绵绵土》。村里人土炕上生，土窑里长，土堆里爬，家家院里有一个神龛供着土地爷。我能认字就记住了这副对联："土能生万物，地可载山川。"黄土是我的襁褓，我的摇篮。农村孩子穿开裆裤时，就会撒尿和泥。这几年城里因为环保，不许放鞭炮，遇有喜事就踩气球，都市式的浪费，且看当年我们怎样制造声响。

一群孩子，将胶泥揉匀，捏成窝头状，窝要深，皮要薄。口朝下，猛地往石上一摔，泥点飞溅，声震四野，名"摔响窝"。以声响大小定输赢，以炸洞的大小要补偿。输者就补对方一块泥，就像战败国割让土地，直到把手中的泥土输光，俯首称臣。这大概源于古老的战争，是对土地的争夺。孩子们虽个个溅成了泥花脸，仍乐此不疲。这场景现在也没有了，村子成了空壳村，新盖的小学都没有了学生。空空新教室，来回燕穿梭。村庄没有了孩子，就没有了笑声，也没有人再会去让泥巴炸出声了。

农家的孩子没有城里人吃的点心，但他们有自己的土饼干。不是"洋"与"土"的土，是黄土地的"土"。在半山处取净土一筐，砸碎，细筛，炒热。将发好的面拌入茴香、芝麻，切成条节状，与土混在一起，上火慢炒至熟，名"炒节子"。然后再筛去细土，挂于篮中，随时食用。这在城里人看来，未免有点脏，怎么能吃土呢？但我们就是吃这种零食长大的。一种淡淡的土味裹着清纯的麦香，香脆可口。天人合一，五行对五脏，土配脾，可健脾养胃，村里世代相传的育儿秘方。

从春到夏，蝉儿叫了，山坡上的杏子熟了，嫩绿的麦苗已长成金色的麦穗，该打场了。场，就是一块被碾得瓷实平整、圆形的土地。打场是粮食从地里收到家里的最后一道工序，再往下就该磨成面，吃到嘴里了。割倒的麦子被车拉人挑，铺到场上，像一层厚厚的棉被，用牲口拉着碌碡，一圈一圈地碾压。孩子们终于盼到一年最高兴的游戏季，跟在碌碡后面，一圈一圈地翻跟斗。

我们贪婪地亲吻着土地，享受着燥热空气中新麦的甜香。

一次我不小心，一个跟斗翻在场边的铁耙子上，耙齿刺破了小腿，鲜血直流。大人说："不碍，不碍。"顺手抓起一把黄土按在伤口上，就算是止血了。至今还有一块疤痕，留作了永久的纪念。也许就是这次与土地最亲密的接触，土分子进入了我的血液，一生不管走到哪里，总忘不了北方的黄土。现在机器收割，场是彻底没有了，牲口也几乎不见了，碌碡被可怜地遗弃在路旁或沟渠里。有点"九里山前古战场，牧童拾得旧刀枪"的凄凉。

没有了，没有了，凡值得凭吊的美好记忆都没有了。只能到梦中去吃一次香椿炒鸡蛋，去摔一回泥巴、翻一回跟斗了。我问自己，既知消失何必来寻呢？这就是矛盾，矛盾于心成乡愁。去了旧事，添了新愁。历史总在前进，失去的不一定是坏事。但上天偏教这物的逝去与情的割舍，同时作用在一个人身上，搅动你心底深处自以为已经忘掉的秘密。于是岁月的双手，就当着你的面将最美丽的东西撕裂，这就有了几分悲剧的凄美。但它还不是大悲、大恸，还不至于呼天抢地，只是一种温馨的淡淡的哀伤，是在古老悠长的雨巷里，"逢着一个丁香一样的结着愁怨的姑娘"。乡愁是留不住的回声，是捕捉不到的美丽。

那天回到县里，主人问此行的感想。我随手写了四句小诗：

何处是乡愁，
云在霍山头。
儿时常入梦，
杏黄麦子熟。

享受人生

　　"享受"这个词，在很长一段时间和大部分时候，是被当作贬义词使用的。随着年纪增长，阅历增多，才知道这种理解未免狭窄。人来到世界上，美好的生命只有一次，而且内容无限，你就是抓紧享用也只能得其中的一部分。老作家孙犁见几个年轻人在泰山极顶，不欣赏这泰山风光，却围坐在一块巨石上大打扑克，他感叹道，扑克何处不能打？这泰山风光却能享受几回？你看，这就是享受。这里没有剥削，没有欺诈，大大方方，自自然然，取之不尽，其乐融融。

　　上面只是随举一例，其实享受自然只是人生的一部分。生命中值得享受的东西还有很多很多。比如享受知识，读书学习；享受艺术，听音乐、赏诗文、观演出；享受刺激，探险、登山、看竞技比赛；享受感情，亲情、友情、爱情；享受成功，奖励、鲜花、掌声；享受环境，浴新鲜空气、赏满眼绿色；享受安宁，心平气和，自我平衡；享受休闲，散步、谈天、度假；享受精神，信仰、理想、宗教；等等。还可以举出许多许多，这都是自然赋予我们，让我们尽情选择享用的。一次朋友谈天，有人说，独身或僧尼无爱无伴，少了多少享受？马上有人反驳道，这也是一种享受——享受孤独。生命原来是这样的多层次、多角度，生命之花原来是靠这许多的享受来供养的。试想一个在鲜花掌声中受勋的人，和点一支烟来过瘾的人，这是两种多么悬殊的享受。但是只要可能，不同的人接受同一种享受时又是多么平等。

朱自清说："老于抽烟的人，一叼上烟，真能悠然遐想。他霎时间是个自由自在的身子，无论他是靠在沙发上的绅士，还是蹲在台阶上的瓦匠。"但事实上，许多人一辈子也没有能够享受到生活的全部内容或主要内容。就像我们住进一家五星级的大酒店，除了睡觉，其他的健身、娱乐、美容、商务等设施都没有享用。又像不少人对计算机的使用，只不过是将它当成了一部打字机。生命是博大丰富的，可享受的东西无穷之多。生命又是很短暂的，许多有意义的东西稍纵即逝。我们对享受的理解，既不该狭窄，更不该冷漠。

当然，那种剥削、占有、挥霍式的享受，是最低级而不入流的。我们这里讨论的是全面的享受，它实际是对生命的认识、开发和利用。要达此点，先得有两个条件。一是勇气，就是对生活的勇气，鲁迅所谓直面人生，古人所谓舍我其谁，现在的流行歌曲唱的潇洒走一回，痛快活一场。对生命没有充满信心的人，不热爱生活的人，是不可能享受到生命之果的。望高峰而却步就看不到极顶的风光；将出海而又收帆，就体会不到惊涛骇浪。二是创造，生命之身是父母所赠予的，而生命的意义却全靠后天的开发。可以说，你有多少创造，就有多少享受。马克思、哥白尼、牛顿和爱因斯坦都分别创造了一个新学说，并因这个新学说开辟了一个新领域、一片新世界。因此，他们生命中就有了一种特别的滋味，就多了一份特殊的享受，我们这些常人是无论如何难以看到的。

这么说来，"享受生命"这句话又是多么沉重，就像说"我要登上珠穆朗玛峰"，不是随便哪个人都敢开口说出的，但登这种高峰的风光毕竟有人能享受到，它确实是我们生命的一部分。爱因斯坦、达尔文、爱迪生、开普勒等人，他们的伟大发现完成时，都说过类似的话：现在生与死对我都已无所谓了。因为他们都已享受到了生命中最成功、最华彩的段落。就是那些壮志未酬、行将赴死的勇士，如布鲁诺、项羽、文天祥、谭嗣同、林觉民等，也有一种对生命成功的享受。当常人将父母给予的血肉之躯用来做衣食之享时，他们却将生命的炸弹做最后一掷，爆出无限的光热，通过凤凰涅槃，得到了永生。他们不但生时享受事业之乐、理想之乐，身后还永享历史之功和人格之尊。

本来，追求物质的进步和精神的自由，或曰两个文明，就是人类生存奋斗的最基本目标。列宁曾将共产主义形象地比喻为苏维埃加电器化。战争时期，战士们在战壕里憧憬的美好生活就是"楼上楼下，电灯电话"。我们不是苦行僧，我们的许多劳动、斗争、牺牲，就是为了能在行动之后享受这幸福的结果。但幸福又是个动态的东西，如想要独立高峰，就只有一座接一座去攀登，才能一次又一次地享受。可是我们常犯的错误是，当登临一个山顶时，只记得擦汗、喘气，却常忽略了这山的美丽，忘记了脚下的林海，悬崖上的鲜花，还有天边的流云。这种享受若不经意便稍纵即逝，若再无追求，也就再没有新的享有。人生之中从最基本的吃饭穿衣，到无尽的物质和精神享受，这是一个多大的库藏，多么宽广的领域。你一方面可以最大限度地去开发、创造和丰富，另一方面又可以尽情地去利用、索取和享受。一个真正懂得享受生命的人，不但能将造物者给他的一切都尽情享受个够，他还进一步享受着自己的创造，更还有少数杰出人物能跨越时空永享历史的光荣。

　　但是请别忘记，造物者同时又制定了一条铁的规律，生命只有一次，并且时间有限。所以我们对生命的享受不会那么从容，也不会没完没了。生命是一根甘蔗，甜甜的，吃一口就少一节。让我们好好地珍惜它，细细地品味它，尽情地享受它。